見鬼之
校園鬼話
4

目錄

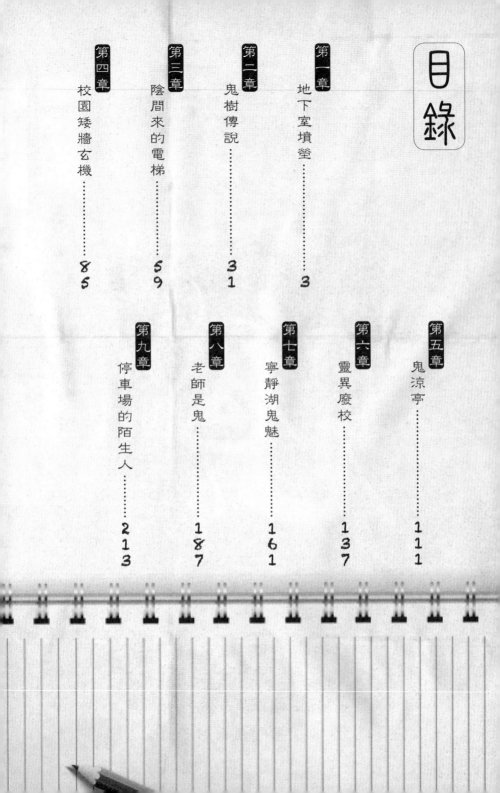

壹

地下室墳塋

時間過得飛快，記得漫長暑假才剛開始，轉眼間又到了開學日。

劉長彥升大三，其他同學都有固定住處，曾有同學找他共住，他拒絕了，理由是學校宿舍費比較便宜，不過，因為僧多粥少，得參加抽籤。

男舍抽籤當日，同系同學李基勝陪同前來，劉長彥兩手合夾住籤單，左右各一揮、又上下揮動三次。

李基勝不解的問他：

「喂，你在幹嘛？」

「噓——」

比著手勢，劉長彥叫李基勝閉嘴後又重複剛剛的動作，再慎重其事的慢慢打開籤單，這時，他才對李基勝說：

「你不懂啊，我這是在祈求四方、上下神靈保佑我抽中。」

「喂！你嘛幫幫忙，沒抽中，頂多跟我一起住，犯的著這麼緊張？」

李基勝尚未說完，劉長彥突然跳起來，大叫：

「哇！我的天啊！真的抽中了！」

同時，他轉身，誇張的把手中籤單往四周繞一圈。

旁邊幾位沒抽中的同學，都向他投來羡慕眼神，但站遠一點的幾位女生，望過

第一章
地下室墳塋

來的目光，則充滿嫌惡、不屑。

李基勝當然也感受到了，他忙抓住劉長彥的手，強勢的往下拉：

「喂，不要這樣啦！很丟臉哩。」

這時，舍監老黃伸手過來：「我看看你抽中哪一棟。」

入目之下，老黃左邊眉頭揚得老高，看一眼劉長彥，呶嘴絮絮道：

「X棟，一〇四室。不得了，居然抽中籤王。」

「真的？太棒了。」劉長彥很高興，也很意外。

一旁的李基勝多嘴的問：

「黃伯伯，籤王的意思是什麼？」

「嗯……這間男舍在一樓，不用爬樓梯。還有，只住一個人，非常安靜，是讀書的絕佳地方。來！登記一下，同學什麼名字？」

登記妥當，有其他抽中的同學，也來找老黃，老黃轉身忙他的去。

劉長彥跟李基勝一起退出抽籤場合，往前走。

「有拜有保佑啦。」劉長彥說著，伸出五指，朝空抓了抓：「看，幸運的手呀！」

李基勝瞪他一眼，沒接話。

對面傳來清脆喊聲：

「基勝！原來你在這裡，害我去你教室，找不到人。」

是李基勝女友——陳誼貞，她旁邊站了個女生，是同寢室的同學——顏如娟。

「我剛才看到你很多奇怪的動作，還以為你發瘋了。」顏如娟望著劉長彥：「看，那邊幾位女生都在看你。」

劉長彥循著她的眼光，望過去，一群女生原本都眼望著這邊，看到劉長彥看過來，訕訕的散開了。

「唉！說妳們不懂，還真的不懂。我這是在求四方神靈保佑我，妳看！果然被我抽中了籤王！」

顏如娟瞄一眼，興趣缺缺的轉向陳誼貞：

「找到妳男友了，我可以走嘍？」

「呵！原來是陪客？我還以為妳來找我。」劉長彥故意說。

顏如娟甩著馬尾，帶著輕侮口吻：

「不要害我。你說這話，秀靜饒不了我，我很怕被她K。」說完，顏如娟自顧離開。

第一章
地下室墳塋

念大一的呂秀靜，是劉長彥女友。

開學前一週的傍晚，劉長彥才有空搬家，女友呂秀靜也來幫忙。東西不多，不到半個鐘頭，東西都搬進宿舍，接著在歸類、整理。七點多，天色已暗了。

說好要來幫忙的李基勝、陳誼貞，找了好久，才發現原來X棟一〇四室，居然在學校的邊疆地帶。

「怪不得我們找不到。」陳誼貞道。

「嗯，不愧是籤王，真的太僻靜。」

遠遠的，李基勝看到打開的宿舍門內，呂秀靜面向裡面，蹲身忙碌著，旁邊有個小小孩，蹲著仰頭，似乎在看著呂秀靜……

「嘿！妳看，秀靜居然帶著小朋友來幫忙！」

「有嗎？哪有可能。」

「呵呵，這樣才像一家人哩。誼貞，哪天我們畢業、結婚、有了小孩，就像他們這樣一家和樂融融。」

「唼！你這人，狗嘴長不出象牙。」臉蛋羞紅了的陳誼貞，啐了他一口。

「喂喂，我這樣說，哪裡不對了？妳說……」

「咦？」陳誼貞忽然站住腳，凝神望著。

「怎麼了？還不快去幫忙，我們已經太晚到了。」

陳誼貞伸手，手指頭微顫：「你沒看到嗎？」

「什麼？」

「宿舍門外，有三……不！有四、五、六個小朋友，他們在幹嘛？」

「哪有？我沒看到呀！」

說著，李基勝拉住陳誼貞的手，就要向前走，陳誼貞反而往後拉：

「不！你先說，那些小朋友從哪來的？」

「亂講！哪來的小朋友，這是大學校區耶，會有小朋友來念大學嗎？尤其這個時間點，更不可能會有小朋友。」」

就在這時，五、六個高矮不一的小朋友，身軀不動，只有頭整齊而僵硬的轉過來。

藉著宿舍室內投射出來的微光，陳誼貞清晰看到他們都是骷髏頭，臉上應該是眼睛的部位，射出兩股墨綠色晦光，陳誼貞嚇得腿軟，整個人歪倒暈眩了。

此時，李基勝趁機撈住她腰際，整個抱住她，迅速往前奔跑。

第一章
地下室墳塋

接近宿舍門口外，李基勝揚聲叫道：

「喂！呂秀靜！」

呂秀靜轉回頭，看到李基勝抱住陳誼貞，吃驚的起身，在裡面忙著的劉長彥也探頭，不知道怎回事。

陳誼貞被安置在床上，李基勝說她走到一半，不知道為什麼突然暈倒。

「是不是太累了？」劉長彥抱歉的說：「不應該請你們來幫忙。」

「就是，東西又不多。」呂秀靜說著，輕輕柔著陳誼貞的臉頰、仁中。

不一會，陳誼貞慢慢甦醒過來，打了個寒顫，呂秀靜忙倒杯溫開水，讓她喝下。

「妳怎回事？」

「我……」

陳誼貞臉色蒼白，眼睛四下溜轉，又盯望門口，裡面的燈光明亮，看不到什麼。

「我好冷！」

「呀！是不是感冒生病了？」劉長彥說。

聞言，呂秀靜摸陳誼貞額頭，好像有點熱。

陳誼貞搖頭否認，不過，劉長彥忙叫李基勝趕快帶她去看醫生。

李基勝點頭，扶著陳誼貞正欲走時，忽然轉頭巡視著室內。

「怎麼了？丟掉什麼東西嗎？」劉長彥好笑的問。

李基勝搖頭，反問：

「那個小朋友呢？」

「哪來小朋友？你看錯了吧？」劉長彥雙手一攤：「我沒事幹嘛帶個小朋友？再說這裡空間不大，藏得住人嗎？你是不是眼花了？」

「剛才……算了！算了！」

李基勝沒再多話，扶著陳誼貞走了。

⚒

搬進宿舍後，第二天，劉長彥下午沒事，想關心一下陳誼貞，便去找李基勝問他，他說看過醫生，吃了藥，陳誼貞好多了。

接著劉長彥撥手機給呂秀靜，居然沒接。

然後，劉長彥在校園內隨意晃晃，竟然跟顏如娟不期而遇。

「耶！小娟，妳怎沒在教室？」

「為什麼我要在教室？」顏如娟抱著一疊書。

「沒課嗎？我撥手機給秀靜，她沒接，我以為她在上課。」

第一章
地下室墳塋

「下午的課。我現在就要去教室。呃，你不知道嗎？」

「什麼事？」

「呂秀靜生病了！要我幫她請假。」

「請假？那麼嚴重嗎？」

顏如娟聳一下肩膀，自顧走了。

劉長彥轉個方向，到女生宿舍探望呂秀靜。

在會客室看到呂秀靜，劉長彥非常吃驚，昨天她還好好地，還幫他整理書本，怎麼才隔一天她的臉色竟然如此憔悴！

「看過醫生嗎？是不是被傳染了？走吧，我帶妳去看醫生。」

呂秀靜無力的搖搖頭：

「我沒有病，只是整晚沒睡。」

「為什麼？」

接著，呂秀靜說昨晚她回宿舍後，肚子絞痛，就去上廁所，結果……說到這裡，她有些不好意思，但在劉長彥逼視之下，她只好繼續說下去。

廁所是蹲式的，她放了個響屁，響屁聲音居然是孩子的嗚咽聲，她有些嚇到，低頭望去……赫！馬桶內是一團小小胎狀形的黑影。

驚叫一聲，呂秀靜慌亂的站起來。再低頭望去，胎狀形黑影晃動著，睜開一線白──竟然是一雙眼睛，尚未出生的胎兒，怎能張開眼？

簡直快嚇死了，呂秀靜顧不及拉上長褲，跌跌撞撞奔出廁所。

同寢室同學有的還沒睡，問她發生什麼事了，臉色那麼蒼白。

她搖頭，什麼都沒說。準備一下，就躺上床要睡覺。

不久，寢室內的同學關了燈，上床入睡。

呂秀竟輾轉難眠，滿腦袋都是那一團黑影，以及那對眼睛。她想不透，以前從沒發生過這種事，今晚到底怎麼了。

忽然，傳來一陣時有時無、小小朋友的嗚咽聲。

在黑暗的寢室裡，呂秀靜偷偷尋覓，想找出聲音來處，最後，她眼光停頓在寢室的門。

寢室門是關著的，外面走道有微弱的小燈，門底下有一線光，吸引住她眼光的，是一線光當中，有兩隻小小腳的影子！

呂秀靜拉緊棉被，既害怕、又好奇，從棉被一角偷窺，她看到影子在晃動，想走進來，但又受到門的阻擋。最後，整個影子趴下來，從門底下的門縫，緩緩的、一點點、一滴滴的塞進來……

把棉被整個蓋住自己，呂秀靜張著嘴，大口呼吸，一手按住胸口，不然她怕自己會大叫出聲。

隔了好一會，似乎沒什麼動靜，她耐不住渾身冒汗，又無法呼吸，便偷偷掀開棉被。忽然，一隻黑影小手，攀住棉被一角，緊接著，一顆小小黑頭，整個竄入棉被裡，她連忙翻開棉被，想甩掉小黑影，詎料，小黑影不但沒被甩掉，還整個趴向她的臉、她的上半身……

呂秀靜心有餘悸的說完，還不由自主地打著顫抖。

劉長彥心疼的撥開她額前潮濕的劉海，說：

「可能是妳昨天幫我忙，太累了。沒關係，我……」

話說一半，呂秀靜忽然瞪大眼，望住劉長彥：

「呀！會不會因為去你那間宿舍，才會發生奇怪的事？」

劉長彥笑了：

「不要亂講。我在那間宿舍住了一晚，睡得好極了。我看是妳太累，才會做惡夢。」

呂秀靜蹙緊眉心，搖頭低喃：

「沒有哇，我並不覺得累。」

「耶，昨天誼貞不是發燒？也許妳被她傳染了。這樣吧，妳去換件衣服，我帶妳去看醫生。」

呂秀靜還猶豫不定，在劉長彥催促下，只好回寢室，換了外出服跟他去看醫生。之後，一切安定了。

⚒

劉長彥愛死了這間宿舍，因為可以保有隱私權，不受任何打擾。除了有課或有重要事必須出門外，他都喜歡待在宿舍裡。

一天，下課後，劉長彥欲回寢室，忽然一位姓王的同學喊住他。

這位王同學雖然跟他同系、同班，不過他是大三才轉進這科系，兩人一向少有來往，劉長彥只記得他姓王，連名字都還不曉得呢。

「什麼事？抱歉，我不曉得你名字。」

「嘻！沒關係啦！自我介紹，我姓王，名字是作明。」

「王作明呀？很特別，不會跟一般人的名字相撞。」

第一章
地下室墳塋

「嗯啊！」

兩個人一面談，一面走出教室。

「呃！對了，我聽說你住在X棟一〇四室？」

劉長彥點頭，心想：看來真是間好宿舍，怎麼連不認識的人都知道我住那裡？臉上卻笑問：「怎麼？你也想住那間？可惜，那間只能住一個人，沒機會了。」

王作明臉色微變，尷尬的笑著：

「那……你都沒什麼感覺嗎？」

「感覺呀？嗯，感覺超棒的，安靜又沒人打擾。」

劉長彥看到他臉色怪怪的，又接口問：「怎麼了嗎？」

王作明頓了頓，緩緩說：

「去年，我大二時，念XX系，系上有一位同學就住過那間。」

「哦！那真巧，也是抽籤抽到的嗎？」

王作明點頭：

「嗯，抽中籤王。」

劉長彥呵呵笑了：「真好運！跟我一樣。」

「啊……你住那間，有沒聽到什麼怪事？」

「會有什麼怪事？」劉長彥反問道。

王作明搖頭：

「不是啦！我有一次去找那位同學，在宿舍門口，就聽到些聲音。」

「什麼聲音？」劉長彥兩眼專注地望住他。

被這樣認真看著，王作明顯的不太自然：

「我……忘記了，反正我沒進去。」

「為什麼？到底是什麼聲音？」

王作明語帶保留，轉開話題說：

「嗯……好像談話聲音吧。就怕他女朋友也許在裡面，這樣打擾人家，不太好。」

說完，還呵呵乾笑幾聲，接著他就往另一條路走了。

望著他的背影，劉長彥跌入沉思中。似乎感到他話中有話，卻不痛快的說出來，很怪哩！

⚒

劉長彥記得很清楚，搬入一〇四室後的第七天，發生了奇怪的事。

第一章
地下室墳塋

下課回到一〇四室，他發現桌子被移位。還有，日記本也不見了，他有寫日記的習慣，怎麼找都找不到。他一度以為是丟在半路上，或是忘記搬過來。

書桌原本靠左邊的牆，床則靠緊右邊的牆壁，中間有點距離，可是現在書桌竟跟床緊靠著。這些都是小事，他把書桌往左挪回原位，攤開書本準備看今天教授教的課業。

看到一半，忽然一陣冷風吹襲他後頸部，就像有人故意對著他背後吹氣。他轉回頭，什麼都沒有，但是宿舍的門竟然一開、一闔的。

此時正值秋季，天氣寒颼颼，但他記得自己進入宿舍時，是有把門關上的。他以為是風吹開了門，便起身把門關緊，同時鎖緊了，繼續看書。

劉長彥的書桌面對著窗戶，窗外颳起陣陣秋風，夾雜著奇怪的聲音，像敲窗聲、又像稚嫩的嘻笑聲。

聲音不是很高，但卻像響在他耳邊，非常擾人，讓他無法安靜的看書。忍了好一會兒，實在忍不住了，他探身打開窗戶，咦？外面安靜無風！

但一關上窗口，那種敲窗聲、嬉笑聲又來了！

他再次打開窗戶，外面還是一樣安靜。他檢查一下窗框、玻璃，都很牢固，不像風一吹，窗戶就響的樣子呀！

關上窗後，他輕輕打開門鎖，躡手躡腳走出宿舍，宿舍門在前面，窗戶在後方，他繞過右邊的牆壁，伏在牆角，偷偷望向窗戶。

這時，沒有風也無雨，一輪寒月高掛在天際，可以清晰看到窗下一片安寧。

等了好一會，完全沒動靜，他想，一定是自己多心了。

正準備潛回宿舍，忽然，前面響起稚嫩笑聲，他探頭望向窗戶。

咦！窗口下，不知何時聚集了三、四個孩童。一個在窗下、一個沿牆壁爬向窗口上、兩個分別在窗口兩旁，圈起手放在嘴邊，朝窗口吹氣。

終於找到兇手了！但劉長彥完全忽略，普通的小孩童有辦法沿牆攀上窗邊、窗子上方嗎？

他氣往頭上冒，忘形地從轉角衝出來，大聲喝道：

「喂！你們在幹什麼？」

瞬間，四個孩童一起轉過頭來，看似正常的他們，沒有瞳孔、也沒有眼白，眼睛一團烏黑。

劉長彥對上他們八隻烏黑眼睛，大驚後，整個身體的汗毛都立起來了！

沒看到孩童們張口，但他們嘻笑聲，卻由四面八方襲向劉長彥。

一股濃烈寒氣竄升上來，淹沒了劉長彥，他雙腿像木樁被釘死在地上，無法移動分毫。

大概，只剩眼睛還有知覺。

一個年紀比較大的孩子，從窗戶那一邊飄了過來，不知咕噥些什麼，只見那四個小孩童，紛紛沿牆爬下來，跟著大孩童向劉長彥走了過來。

劉長彥心裡暗叫：不好！

他無法移動，眼睜睜看著五個孩童愈走愈近，同時，他們一面走、一面從腳底往上，逐漸消彌……終至消失。

「黃伯伯！你告訴我，我住的那間宿舍，是不是曾經發生什麼事故？」

一大早，劉長彥就去找老黃問話。

「哪有！我到這個學校服務了將近三十多年，從來沒有發生事情。」

「真的？」劉長彥眼神逼視著老黃。

「怎麼啦？」老黃認真回望著劉長彥。

「那以前呢？以前是不是有聽過什麼？」

「這個，倒沒聽說過。怎麼啦？」

「嗯……」深吸口氣，劉長彥轉口說：「我只是懷疑，所以想問問你，你不會騙我吧？」

「怎麼會呢？老黃我都一把年紀了，你們就像我的孩子、孫子，我哪可能騙你。」

劉長彥不想說出昨晚的際遇，轉身就走。

「耶！同學，等等。劉長彥？我記得你名字，就抽中籤王嘛，是不是？」

劉長彥轉回頭，只聽老黃說：

「一〇四那間宿舍，位置是很偏僻這個我知道。如果你一個人住太寂寞，嫌單調，我可以幫你另想辦法。」

「不必。」

話完，劉長彥轉身就走。

他花了一點心思，買張壁紙，把窗口、門上方的玻璃給黏起來。

好像效果不錯，他鎖緊門窗，打開燈看書、然後上床，一夜無夢。

之後幾天，李基勝、陳誼貞、呂秀靜都曾來找過他。聽他們說，來找他的路上，都會聽到小朋友的嘻鬧聲，還問他都沒有聽到嗎？

「沒有呀！」

第一章
地下室墳塋

嘴巴是這樣講，但其實劉長彥心裡可是滴咕著，認為哪個地方有問題，可是又說不出個所以然。

這一夜，他早早上床睡下。

潛意識間，感到幾個小朋友在床畔徘迴，一會兒爬上他床頭踩踏，還有爬上他床尾跳躍，有拉他被子，有爬上他書桌上……

他忍不住叫：

「喂！小屁孩，走開，趕快回家去。」

「喔喔！這裡是我們的家呀！」

「你們再不回家，我要趕人了。」

其中一個大孩子轉閃著眼白，看來有點詭異，他俯近劉長彥，說：

「劉長彥，你叫劉長彥，對不對？要不要去我家？」

劉長彥吃一驚，他記得不認識這個大孩子，他怎會知道自己的名字？

「在哪裡？」

「嘻嘻！跟我來就知道了。」

跳下床，劉長彥真的跟他們走，跨出宿舍，是一片迷濛霧氣，然後，是一列狹窄階梯，階梯和牆壁相當斑剝、潮濕，害他差點滑倒。

在階梯上，他無意中看到一本厚厚的書，他仔細一看，赫！是他找不到的日記本啊！

怎會在這裡？他彎腰想檢，伸出的手，竟然穿透日記本，根本無法抓牢日記本，試了幾次都是這樣，他看看自己的手，感覺很詭異。

走完階梯，是一間密室樣的屋子，聚集了更多小孩童，大大、小小不只幾十個，或許更多……

「這就是你家？怎麼有這麼多小孩？這是哪裡？」劉長彥忍不住問。

就在這時，所有的小孩童，突然變臉，有的掉下眼珠、有的缺手、缺腿、也有全身焦炭，也有呲牙裂嘴，還有伸出許多嶙峋骷髏手，抓住劉長彥手、腳、衣服：「帶我走啦！」「我想找媽媽。」「我好冷喔！」「我餓死了啦！」「我要跟你住。」

慘嚎聲，一波又一波，不只侵襲劉長彥的耳朵、也侵擾他的身軀。

他想躲閃，可是小孩童數量太多了，最後，劉長彥忍不住大喊出聲：

「哇——走開！救命——」

劉長彥被自己的喊聲，驚醒過來。原來是一場夢，可是夢境卻這麼真實，他依稀感到被拉住的手腳，有痛感！

他低頭看到自己手腕、腳踝處，有一圈瘀青。

⚒

下了課，劉長彥快步走出教室，攔住王作明。

「嗨！你好。」王作明笑笑。

「一起喝一杯咖啡？」

「不了。」

「我有事請問你，走吧。」

不由分說，劉長彥當先往學生餐廳，王作明只好跟上去。

兩個人坐在角落，分別點拿鐵、黑咖啡。好巧，李基勝和陳誼貞也在用餐，所以端著餐盤走過來。

互相打過招呼，劉長彥反倒猶豫起來。

王作明看劉長彥臉色不太好，問：「看你臉色不太好，昨天沒睡好嗎？」

劉長彥點頭，想想，還是決定問清楚，畢竟每天都得回宿舍：

「被一群鬼小孩吵整夜，看！我的手腕。」

「呀！」王作明露出驚訝表情，心知肚明劉長彥想問他什麼。

看到劉長彥手腕，李基勝和陳誼貞也訝然的睜圓眼。

「可以告訴我，你那位同學的狀況嗎？」

李作明看一眼李基勝、陳誼貞後，徐徐道出……

⚒

他大二同學叫黃奕璁，抽中籤王住進宿舍，剛開始一切都很好。一天晚上，李作明去找他，遠遠望去，發現裡面除了黃奕璁之外，居然有大大、小小孩童擠在裡面嘻鬧、玩耍。可是一進宿舍，它們全都不見了。那時候，李作明感到心中忐忑不安，談完事情，很快就離開。

又有一次，他找同學作伴去找黃奕璁，明明沒看到任何人，卻聽到許多小孩童的嬉笑聲音。

接著，其他許多同學相繼談起，在晚歸時或經過時，常會聽到詭異的孩童聲音，因此不管是晚歸或回宿舍都寧可繞道，也不肯經過一〇四室。

李作明說完，李基勝和陳誼貞雙雙變臉，也說出當時去幫忙搬家時，提起曾看到小孩童之事。

劉長彥臉色鐵青的轉向李基勝兩人：「為什麼不跟我說？」

「我以為眼花了，沒的事，幹嘛亂講？再說，那時候我顧及誼貞昏倒呀。」

劉長彥轉向陳誼貞：「妳是看到鬼小孩才昏倒？」

「嗯，我看到五、六個骷髏頭，嚇得昏倒了。」陳誼貞心有餘悸地說。

靜默了一會，劉長彥問李作明：

「後來呢？黃奕璁怎了？」

「他立刻向舍監反應，住不到一個月，舍監另找一間宿舍給他，他趕快搬了。」

劉長彥想起：

「可惡的舍監，什麼都不說，他只說：一個人住太寂寞，嫌單調，我可以幫你另想辦法。原來是有內幕！」

「現在怎麼辦呢？」李基勝問。

看一眼李基勝，劉長彥轉向李作明：

「你們沒有查出原因嗎？如果知道原因，把事情解決不就好了嗎？」

李作明搖頭：

「拜託！遇到這種事，還是早早閃人，誰會去幫忙解決？要解決也是校方該做的事吧！」

劉長彥想起呂秀靜，說起她到宿舍幫忙的第二天，也生病了：

「可見那些東西很陰、很可怕。」

「趕快跟老黃說，幫忙另找一間宿舍吧。」李基勝說。

「不！你們知道嗎？我一本日記本不見了，昨晚，我做了個夢……」

劉長彥攏聚著眉頭，絮絮說起昨晚夢境內容，還說一定要找到他那本日記本，才肯離開！

⚒

有些人膽子大；也有些人膽子很小。

劉長彥剛好居中，他不算膽小，但也沒大到要跟那種東西對抗，他的目的，只是想找出自己的日記本而已。因為，日記本內記載著他的祕密。

尤其，那群鬼小孩是怎麼拿走他的日記本？他感到不可思議，因此想追蹤。

只是，他問過幾位同學，竟然沒人願意陪他追蹤。

下課後，已經四點多了，天色還算亮，他回到宿舍，開始忙碌起來。

他地毯式的搜尋，找遍室內都沒看到隱藏的機關，而且已經五點多，天色也逐漸黯淡下來，他呆坐著思考……忽然想到那天，幾個鬼小孩不是趴在窗口外嗎？

他抓起一根木棍，走出室外，沿著牆壁，鉅細靡遺的敲敲打打。

牆壁都很厚實，然後轉彎，敲打窗戶這面牆的每寸地方。

窗戶過去的牆，應該就是室內他擺放床鋪的地方，他繼續敲。

「喀！喀！」

咦！聲音空洞，他繼續敲，沒錯，這個部分不是實牆，裡面有空隙。

他用力敲打，但木棍沒有用，他轉入室內，找出一支手電筒及一根長鉤狀粗鐵棍，在空隙處用力敲。牆壁上的刷漆紛紛掉落，露出一扇木門！

偵探的成就感，讓他心中大喜，這會兒恨不得找同學來共享。

木門不高也不寬，又有些腐朽，不費吹噓之力，就打開了！裡面是一道往下階梯。這列狹窄階梯，和牆壁相當斑剝、潮濕，入眼很熟悉，赫然就是他在夢境裡走過的地方。猛抽口冷氣，他握緊手中粗鐵棍，一步一步謹慎的往下走。

這時，天色更暗，裡面也暗得模糊不清，當走到階梯一半時，他踩到一個東西，低頭望去。

赫！果然是他的日記本！

他彎身伸出顫抖的手，拾起日記本，小心揣入夾克裡面。

很扯、很不可思議，為什麼日記本會在這個地方出現？

照說，這時候他應該要退出來。但，是神智不清嗎？還是被蠱惑了？

他不知不覺的繼續往階梯走下去，並打開手電筒。

原來這裡是一間地下室，地上凹凸不平，有許多液態水漬，水漬有黃、黑、殷紅色澤，腐臭不堪，讓人欲嘔。

忽然，腳下踩到一根長條物害劉長彥差點摔跤，手電筒一照，竟然是幾根小孩枯骨！手電筒一轉，哇！周遭佈滿小孩子的骷髏頭、長、短枯骨、腳掌、手掌……此時，陣陣譁然聲響，灌進劉長彥耳膜，他扭曲著臉容，抬頭看到暗黑的周遭，佈滿點點或大、或小、五顏六色的眼睛！對，就是眼睛，他揚高手電筒想看清，也或許想嚇走它們，哪知手一抖，手電筒掉了！

他想逃，立刻轉身。掉在地上手電筒的餘光，讓他看到身後排了一整列高、矮不齊、形容猙獰、詭異的鬼小孩，正漸漸向他靠過來……

他想叫，但叫不出聲。他希望這是夢境，醒過來後，就沒事了！

但這的確是實境，鬼小孩伸出無數長、短手，一窩蜂的向他趴過來……

⚒

劉長彥睜開眼，圍成一圈的同學們看他醒過來，大家都鬆了口氣，一旁的呂秀靜雙眼紅腫得像核桃。

第一章
地下室墳塋

劉長彥恢復上學後，教務主任請他去訓了一番話，他忍不住還是要問，地下室為什麼有那麼多的骨駭？

原來，以前建校時，這裡是墳塋，可以遷的早就遷走了，剩下許多小孩童的屍駭無人認領，也無處可去，只好整個置放在地下室。

劉長彥同時被告誡，不准亂說有關地下室的祕密。

然後，劉長彥被迫搬家，學校把一〇四室封閉，還把此處劃分為禁地。

見鬼之校園鬼話 4

貳

鬼樹傳說

午休時間，某高中的教室內，一群同學團團圍住王德義，他放低聲音：

「這位學長跟平常一樣在樹下看書，看到一半，忽然，頭頂上有水滴下來。剛開始他不以為意，誰知道水滴愈滴愈多，他抬起頭，往上望去……枝葉茂密的樹葉間，看不到什麼。

他又低頭繼續看書，同時手往頭上一撥，摸到黏稠的液體物。他轉眼看去，唔？是暗紅色液體！

學長把手拿到鼻尖一聞，哇！腥味濃烈的臭味，居然是血！

再次抬頭，眼尾看到覆蓋著的樹葉邊有個晃動的東西，他立刻轉頭望去，赫！一個高約十多公分的小小人，利用垂掛下來的葉間樹藤在盪鞦韆！

這是什麼狀況！卡通？電影？還是幻影？腦海裡浮出的千百個臆測，讓學長整個人目瞪口呆的張大嘴。而小小人一邊盪、一邊向他眨眼、嘴巴嗡動……

他這時看出來了，小小人是女生，同時腦裡收到連綿訊息：李月紅！李月紅！

接著，小小人原本是俏麗的臉顏，瞬間變成猙獰鬼臉，裂開的嘴，嘔吐出血水，滴入學長張大的嘴裡……」

聽到這裡，圍在周遭的同學們，同時吞了一口口水，有人追問：「後來呢？」

「學長把血水吞進去，看到鞦韆愈盪愈高，小小人忽然一躍而下，向學長趴了下來。學長驚叫一聲，整個人昏厥，就被送到醫務室了。

後來，學長更喜歡坐在樹下了，不管晴天、雨天，甚至下課同學們都放學回家了，他還是呆坐在陰鬱的樹下，整天胡言亂語，說什麼：『李月紅在等我下課』，『李月紅在跟我招手』，『李月紅很漂亮，你沒看到嗎？』之類的話。

學長被發現不對勁，班導和教務主任叫他去教務處問話，後來請他家長到校，強制學長辦理休學。

據說學長一位好友常去探望他，這才流出傳言說學長家人帶他去看醫生，但查不出病因，最後被送進療養院。」

「後來呢？誰是李月紅？」旁邊一位同學問。

「沒有後來，李月紅成了謎。學校一再禁止同學們，盡量不要靠近那棵樹。同學們就流出傳言，說校內有一棵鬼樹。有沒有，去年我們剛進校，班導不是一再阻止我們靠近那棵樹？尤其是下課放學後。」

「耶，對對，我聽班導說，樹下太陰涼，我就想，什麼鬼？因為太陰涼所以不要在樹下徘徊？太扯了吧！」

「什麼，我完全沒聽說有這回事。」另一位同學問：「話說回來，到底是哪一棵啦？」

這時，王德義伸出手，指向教室外左邊尾端角落。不過這裡是三樓，只看到樹頂枝葉相當茂密。有調皮同學立刻跳起來，現出訝然、恐懼表情。

高一他們教室在前棟，那時班導交代的話，沒人聽進去，所以基本上沒人知道教室左尾端，原來就是傳說中的鬼樹！

「唉唷！我還曾經在樹下躲太陽。」突然一位同學大叫。

大家都轉向他，黃立輝由人群中露出臉，謔笑道：

「拜託，這很平常好不好？我也曾在樹蔭下……偷看一位很漂亮的學姊。」

王德義臉露詭譎神色，一字一頓的：

「啊！原來，你見過李月紅！」

黃立輝冷哼一聲，滿臉不悅神色，在旁邊的林文仁一手拍著黃立輝肩胛，另一手把玩著一支深藍色原子筆：

「別聽人胡說八道，來！跟著我，看我的！」

大夥不知道林文仁要幹嘛，只見他走到教室左邊尾端，打開窗口，探頭向外。

這時，大夥好奇的一擁而前上，教室左邊的窗戶，被同學們擠爆成一整列，探頭望向窗外。

只見林文仁把原子筆投向莿桐樹頂，並揚聲大喊：

「李月紅！不要出來嚇人，去死吧！」

同學們都愣住了，不信者一笑置之；信者則由心底冒出一股寒意；也有處於中立者聳著肩胛，不予置評。

忽然，上課鐘響，大家都被嚇一大跳，紛紛回座。

第二章
鬼樹傳說

⚒

莿桐樹是台灣的原生樹種，大約在四百年前就矗立在南台灣，X高中校園內，也植了數棵老莿桐，其中靠近高二三班教室尾端的老莿桐，樹齡沒有很老，但粗壯的老幹，扭揪著筋脈，許多分枝爭著擠向更高的天際，冠幅顯得寬大高聳。

從樹底下往上看，相當陰鬱、晦暗。

據說曾有女生被男朋友拋棄，她故意穿紅衣在樹上上吊，加上莿桐樹每年三月樹稍會開滿紅花，所以有人繪聲繪影，說那是鬼花，這讓鬼樹傳說更是傳的沸沸揚揚，但也並非每個同學都知道這個傳說。

王德義說出鬼樹傳說的第二天，林文仁生病請假，班上的同學們私底下議論紛紛，懷疑他是否得罪了鬼樹？一整天，同學們總會有意無意的多看鬼樹幾眼。

第二天，林文仁到校上課，他最好的朋友——潘金杰和好幾位同學也很關心，問他生什麼病？好些了沒？

林文仁吸吸鼻子，說是感冒，好多了。

同學們想，至少跟鬼樹無關吧，這才鬆了一口氣。

今天林文仁輪到打掃教室，放學後，他留下來，打掃好，拿起書包時，耳際忽傳來微細聲音，他掏著耳朵，轉頭看一眼後座女同學：

「你會紅，你會紅。」

「什麼？你說什麼？」女同學不解的看他。

「妳剛剛不是在說話，說：你會紅，你會紅？」

「沒有呀，我哪有說話？」話完，女同學抓起書包，一溜煙跑出教室去了。

潘金杰看一眼女同學背影，走過來低笑著：

「我早說過了，想追女生不是這樣的啦！」

「胡說什麼？我哪有這個意思。」林文仁白皙臉孔都紅了。

「好好好，不要強辯，你今天補習班有課嗎？一起吃晚餐，再去上課。」

⚒

從補習班下課已經快十點了，林文仁家住在僻靜的巷弄內，因為都沒人，他的

第二章
鬼樹傳說

腳步聲在這暗巷中，發出：「叩叩叩！」聲，似乎特別響亮。

走到一半，前面出現個人影。

當他走到電線桿，人影和林文仁交會時，忽然摔了一跤，發出嬌嫩的：「哎唷！」

林文仁這才注意到原來是個女生，她緩緩抬起頭，仰視著他，他木然呆立著。

女生伸出白雪般的手：

「拜託，可以幫忙一下嗎？我爬不起來，唉，哎唷。」

通常男生比較有同理心，林文仁也一樣，他馬上伸出手，拉起這位女生，但一碰到對方的手，他的心臟暴跳了一下，因為她的手很冷，是冷到骨髓裡的冷！

「謝謝，不好意思。」女生垂著頭，穿的制服跟林文仁一樣。

「啊？妳也是XX高中？」

女生看著林文仁身上的校服，點頭：「嘻！我們同校。」

因為同校，雙方距離拉近許多。

「林文仁！我知道你，高二三班。」

「我這麼有名？」林文仁摸摸後腦杓，啞然失笑：「妳也住附近？」

「嗯！我家在前面轉彎。嘻！居然不知道自己是名人？」

說著，女生指指林文仁胸前名牌，林文仁點頭，明白她的意思。問道：

「怎麼以前都沒看到過妳？」

「也許沒碰到面吧。真巧，今天遇到了。嘻！我是一年二班，李月紅。」

林文仁心臟又跳了一下下，李月紅，這名字挺熟的喔！

「原來是……你會紅！你會紅！」林文仁不知覺的脫口說。

李月紅微微裂嘴，雙眼現出妖冶紫色光芒，一閃而沒。

⚒

「嘻！嘻嘻……」睜開眼，腦波首先接收到熟悉的笑聲。

就在這時，林文仁房門被敲響：

「阿仁！遲到了，快起床？」是他媽媽——游靜枝。

想不到已經這麼晚了，林文仁來不及吃早餐，抓起書包，衝出門。

走到巷弄中的電線桿，林文仁停腳，他瞇著眼回想，但無論怎麼努力，都無法想起那個女生的臉龐，昨晚的際遇，似夢如幻，如真又假……

——你會紅，你會紅！

腦中出現了連串的嬌細聲響，他不自覺笑了，然後加快腳步向學校而去。

第二章
鬼樹傳說

一整天，林文仁腦海中，一而再、再而三閃出三個字：李月紅。

下課、午休、連課外活動，他都流連在莿桐樹下。

潘金杰好幾次要找林文仁，問他昨晚補習班的講義卻都找不到人，只有上課時才看到他在座位上，下課後不知道他又溜到哪去了。

到了放學時，潘金杰又找不到林文仁，沒想到走出教室，下樓經過轉角處，眼角瞄到莿桐樹下一抹熟悉背影，那不是林文仁嗎？

「嘿！你今天怎麼搞的，都找不到人，你……」走近了，潘金杰忍不住大聲道。但林文仁始終沒回應，直到潘金杰走到他身旁，拍了他肩膀，他還是不言不動。

「我說，林──文──仁！你怎回事？」

潘金杰望著好友側面，剎那間，他看到林文仁的臉容是黯青色。

林文仁徐徐轉向潘金杰後又恢復正常，只是臉色木然而僵硬。他雙眼瞪住潘金杰，後者嚇一跳，倒退一大步，又訝又驚：

「你……生病了嗎？」

林文仁緩緩搖頭，一對死魚眼轉一圈，最後往上吊：

「我找人……一直……找不到她呀！」

「找誰？不要這樣，很恐怖哩！」

「李……月……紅。」

潘金杰臉驀地唰白：「你亂說什麼？沒有這個人！」

「有！你看，看上面，有沒有？她在上面！」潘金杰忘情地往上看。

這時是下午五點左右，天色暗濛之際，在茂密的樹葉間，依稀有個圓圓的東西，滾動著。他乍想起那天的鬼樹傳說，看到好友這種怪異舉止，還有，李月紅這個名字。潘金杰變臉，立刻拉住林文仁的手，想拖他往樹外面去，但林文仁抽回冰冷的手，指著樹上：

「看到沒？嘻！李月紅躲在樹上，她有時會盪鞦韆、有時……」

潘金杰嚇壞了，伸手甩他一巴掌：

「你胡說什麼啦！被鬼樹傳說迷懵了？走啦！回家了！不然我要去報告班導。」

「嘻！告訴你一件事，昨晚，我在我家附近遇到了李月紅，信不信？」

「不！我不信！沒有李月紅這個人，那是王德義瞎掰、亂編的鬼故事！」似乎為了壯膽，潘金杰故意拔高音量分貝。

「嘻、嘻！錯！李月紅跟我們同校，還親口說，她是高一，二班！」

「真假？」潘金杰整個人呆愣住了！

第二天，游靜枝打電話向校方請病假，說林文仁生病了。

第二章
鬼樹傳說

下課、午休時，潘金杰總會佇立在教室左邊窗口，眼睛空茫的盯視著窗外莿桐樹頂端，茂密的枝葉。

忽然，肩膀被拍了一下，他轉頭望去，是黃立輝！

「奇怪了，你起碼看了五次以上。怎麼？這棵鬼樹有吸引力？」

「嗯…不知道林文仁是什麼病？」

黃立輝聳著肩膀：「誰知道。」

潘金杰緩緩說出昨天放學後，他跟林文仁在莿桐樹下的對話。

「李月紅？就讀一年級二班？」黃立輝大訝道：「哪可能？那是王德義那傢伙瞎掰的好不好！」

「林文仁說，李月紅是他的鄰居！」

「我猜他撞邪了！這小子，居然當真。」

「我就很納悶呀！耶，你沒看到他說得一本正經。」

黃立輝偏頭一歪，淡然笑道：「走！去求證。」

潘金杰雙眼都亮了，掏出手機，按了一下，亮出時間：12點45分。

「還有時間，走！」

兩個人出了教室，轉向前棟高一生的教室，很快找到一年二班教室，但他兩人反倒踟躕不前。

因為一年一班是男女生混班，二班都是女生。

黃立輝眼尖，看到一名熟識的男生跨入隔壁一班，立刻追了上去，把這位男生叫出來。

「啥事？」男生一副吊兒啷噹樣。

「隔壁女生班，熟嗎？」

「廢話，哪不熟？說吧，看上哪個馬子？兄弟我，兩肋插刀挺到底。」

「不是這個啦！我只想問，她們班上有沒有一個叫做李月紅的？」

男生立刻轉入教室內，兩分鐘後走出教室門來，一逕搖頭：「沒有這個人！」

「你確定？」潘金杰忍不住揚聲問。

看他一眼，男生點頭：「當然！我的消息向來靈通，錯不了。」

潘金杰轉望黃立輝，兩人對望一眼，臉色怪怪的……

「怎麼了嗎？」男生好奇的問。

「喔，沒事。謝謝！真的沒事。」黃立輝咋咋嘴，抽身欲走。

這時，兩個女生近似用跑的，跑出教室：「耶！等等，等一下。」

男生也幫忙喊著：

「學長！黃立輝學長，等一下！」

黃立輝和潘金杰停腳，回頭，兩個女生一高、一矮，四隻眼睛巡視著他兩，矮的出聲道：

「兩位誰要找李月紅？」

兩個男生愣了一下下，黃立輝點頭，接口說：「都有。妳們知道她嗎？」

矮個子女生指著高個子，說：

「她知道。」

高個子女生望著黃立輝倆人，點著頭，開口問：

「是不是你們……哪一位的哥哥要問她？」

「呀！不是這樣啦，我班上一位同學說，李月紅住他家隔壁，我們都不相信，想來求證，看是否他在說謊騙人。」

說完，黃立輝向潘金杰丟了個眼神，表示自己口才很棒，潘金杰也點著頭附和。

高個子女生蹙緊眉頭，徐徐說：

「李月紅升高三時，她男朋友劈腿，認識了校外一位女生要跟她分手，兩人相約談判的第二天，她就上吊死了……」

聽完潘金杰和黃立輝雙雙呆愣住，直到上課鐘響，才讓他兩清醒過來。黃立輝吞了口口水，聲音沙啞：

「這是真的？妳、妳怎麼那麼清楚？」

「李月紅是我姊的同班同學，我聽我姊說的，我姊已經畢業六年了，這件事被學校封鎖，沒有人知道。」

「她在哪裡上吊？」潘金杰又問。

「這個我就不知道了。」

⚒

潘金杰準備要把這個消息告訴林文仁，可惜，林文仁一直沒來上課，撥打他的手機，都被轉入語音信箱。高二上學期結束之前，潘金杰才得到消息，林文仁的媽媽曾到校來，替林文仁向學校請長假。

潘金杰相當納悶，到底林文仁得什麼病？他一直想去他家走一趟，但因為他家和他家路線，南轅北轍，還有現在，班上提早準備將來就讀大學的科系，所以寒假課業增加許多，他還寄望也許在補習班，會遇上林文仁。

第二章
鬼樹傳說

另外，寒假是農曆過年，大家都忙，潘金杰也想到，或許林文仁沒那麼嚴重，過了年，下學期兩人又會碰頭，因為種種原因，探望林文仁的事就這樣被擱置了。

寒假時間過得特別快，轉眼下學期開始了。

開學日，同學見面，分外熱絡，特別親切，大夥打打鬧鬧，總有聊不完的各種寒假活動、出國玩樂趣事。但是，林文仁座位還依然是空的。

下課後，同學們三三兩兩都走光了，潘金杰最後才離開教室，經過莿桐樹傍，冷不防，有人喊住他，他轉頭望去，粗壯的莿桐樹邊站了個人，赫然是林文仁！

潘金杰驚喜交加，連忙上前，問他：

「你病好了？今天沒看到你進教室哩，怎回事？我打你手機都不接？」

林文仁臉色蒼白、憔悴，說話緩慢而有氣無力：

「沒事啦。病好了，會來上課。」

後面傳來叫聲，潘金杰回頭望，是黃立輝，他抬眼望一眼莿桐樹，走過來：

「下課了還不走？在這裡幹嘛？忘記了嗎？不要在樹下徘徊。」

「大白天的，有啥好怕？呀！對了，林文仁說他會來上課。」

「亂講！他今天沒到校。」黃立輝大聲說。

「他在這……」潘金杰轉回頭，伸手指著樹幹，樹前面空空的：「咦？剛剛還跟我說話吶，人咧？」

潘金杰不信林文仁離開了，繞著莿桐樹轉了幾圈，還大喊著「林文仁！林文仁！」

黃立輝雙眼微瞇，直覺到有些怪異，他抬頭往上看。

即使是大白天，樹葉茂密，看起來還是陰晦，微撩開的樹葉間隙，兩顆圓形物，左轉右滾的跟他對望著。

「眼睛！」黃立輝指著樹頂，：「那裏有一對眼睛！」

潘金杰走過來，依黃立輝所指仰望樹頂，這時，滾動的圓形物已消失了。

黃立輝額頭露出青筋，拽住潘金杰就走。

走到操場，離開樹下一大段距離，黃立輝才放開潘金杰，喘著大氣：

「你剛剛沒看到嗎？」

潘金杰搖頭：「看到什麼？」

「先是一道灰黑影子往上竄，消失在樹頂端，接著我看到樹葉間，有一對眼睛滾動，還對上我的眼睛，呃！好恐怖。」

潘金杰好笑的盯住他：

「你在說笑嗎？聽到風就是雨，沒想到你膽子這麼小。」

第二章
鬼樹傳說

「騙你的是烏龜，我真的看得很清楚，以後你還是少接近鬼樹啦！」

兩人一面爭辯，一面走遠，這時，莿桐樹樹幹後閃出條淡影，癡癡然望住兩個同學背影。

⚒

班導輕描淡寫向同學們宣布，說林文仁可能繼續要休長假。

潘金杰又連續撥打林文仁手機，還是轉入語音信箱。

三月，莿桐樹樹稍冒出花苞，點綴在青翠色葉間，有人覺得很可愛；因為傳說，就有人覺得點點紅花，宛如滴滴泣血，平添許多詭異，這完全是個人觀感。

下課時，潘金杰常會攀在教室左後窗口望著莿桐樹稍發呆，黃立輝總會跟他討論鬼樹傳說，還有之前，遇到林文仁的事件，潘金杰堅稱真的看到他，還跟他說過話，黃立輝則說是幻象，不然就是遇到鬼了。

黃立輝慎重問他：「你有跟林文仁提過李月紅的事嗎？」

潘金杰搖頭：「沒有機會，我撥他手機都沒接。算了，等他到學校再說吧。」

開學後一個月，第一次段考，同學們各自抱著複雜的心事一一踏出教室。

潘金杰原本跟同學走在一起，經過莿桐樹旁，林文仁站在樹底下向他招手。

潘金杰腳步不聽使喚的轉往樹下，而其他同學自顧談話所以也沒人注意他。
「呵！看到你真高興。」潘金杰露出燦爛笑容。
「嗯哼！我病好了，可以到校上課。」林文仁緩緩說。
「真假？太好了，哇！這樣算一算，你足足休了好幾個月的長假哩。」
林文仁臉容木然、淒愴：
「我想……拜託你一件事……」
「哈，別說一件，十件、百件都沒問題。」潘金杰把書丟到草地上，整個人坐下來。
沒看到林文仁彎身的動作，他整個人直直滑矮下來，跟潘金杰保持兩公尺左右距離，也坐下來。
「這是你跟我……的祕密……祕密喔！」
「你當我還是國小生？放心啦，絕不會透露出去。」
接著，林文仁絮絮說起他的託付之事，潘金杰一面聽、一面點頭。
林文仁說話告一段落，潘金杰忽然想起，說：
「對了！我要告訴你一件事，很重要。」
林文仁木然的臉，略一偏，狀似要聽……就在這時候，有人大喊潘金杰名字。

是王德義，他跟黃立輝在一起，卻不肯走到樹下來，只在草地邊的步道上，向他招手。

潘金杰轉頭看，林文仁已經不見了，潘金杰遂走過去。

「你在幹嘛？」王德義狐疑地打量潘金杰。

「我……」潘金杰看到黃立輝怪異眼光，便含糊說：「跟同學說話。」

「哪個同學？」，王德義問，眼睛溜向樹梢、樹底下，又轉向黃立輝：「你看到了嗎？」

黃立輝搖頭，看著潘金杰，目光閃爍。

「走嘍！走嘍！」潘金杰想到林文仁拜託之事，不想透漏太多，就先往校門口走。

「阿杰，上次我說的鬼樹傳說你好像不相信。」王德義趕上一步。

「信者恆信之，不信者恆不信。這個又不是很重要的事。段考考得如何？」

提起考試，黃立輝和王德義唉聲嘆氣，接著自我鼓勵，都已經考過了，下回用功一點，補回來。

潘金杰忽然向黃立輝說：

「明天可以陪我走一趟一年一班嗎？」

黃立輝反問他，為什麼？想找誰？

潘金杰露齒一笑，神祕的說不能透漏玄機，去了再說。

⚒

站在一年一班教室門口，潘金杰還是封緊嘴巴。

黃立輝詭譎眼光一直盯緊潘金杰，依他猜測，是潘金杰想跟哪位女生交往。不過，像這樣直接找到她班上也太直接了吧！

一會兒，黃立輝認識的學弟，一搖一擺拐出來，上次那兩位一高、一矮女生跟在他後面，學弟呵呵笑著：

「找我啥事呀？」

黃立輝指著潘金杰：「他要找你們。」

學弟和兩位女生，轉向潘金杰，潘金杰放低聲音，問高個子女生：

「上次聽妳說，妳姊認識李月紅？」

高個子女生點頭。

「那，妳知道李月紅家住哪嗎？」

高個子女生搖頭。

「可以拜託妳姊，問到她家住址嗎？」潘金杰接口又說。

兩個女生驚愕好一會兒，高個子女生才問：

「問這個幹嘛？」

「喔！我同學拜託我問的。」潘金杰心虛的壓低聲音。

在一旁的黃立輝仰頭翻白眼，心想，早知這樣打死他都不會陪走這趟。

「我說了，李月紅已經……」高個子女生露出不可思議表情：「幹嘛要她家地址？」

「喔，我也不知道。反正，受人之託，忠人之事。就這樣，拜託，幫個忙。」

「不是我不肯。我姊說，李月紅死了後她家人早搬走了。」

「搬到哪去了？」

「聽我姊說，好像她們班上都沒人知道吧。再說，都已經過六年了。」

⚒

不得其果，黃立輝氣呼呼地碎碎念，一路唸回教室，潘金杰則垮著臉。

「告訴我，到底是誰拜託你的啊？」

「唉唷！別這樣啦，都是同學嘛，不幫忙說不過去啊。」

「到底是哪位？別說你，連我都出糗，糗大了！」

潘金杰蹙緊濃眉，沒回話。

黃立輝突然站住腳，轉向潘金杰，似乎真的生氣了：

「你還沒說出來，到底是誰？居然會想要一個死了的女生家地址！說！」

潘金杰在他威視下，囁嚅了好半天，終於低低說出來：「是林文仁。」

這會兒換黃立輝整個人呆了，眨巴著眼：「你說謊，難道是你想認識高個子女生，還是矮個頭那個才編出這種話？」

「唉！拜託，我哪是這樣的人。真的啦！真的是林文仁。」

「我不信，絕對不相信！你真的很不會編故事。」黃立輝板起手指頭，算了算說：「他至少有好幾個月沒到校了，你怎不說別人？我還會信你些。」

「唉，真是秀才遇到兵，有理說不清。」頓著腳，潘金杰溜進教室去了。

「喂！你……」舉起的手，立刻憤怒的甩下來，黃立輝氣得自顧回座。

一整天，兩人似乎都有意迴避對方，不想繼續這個話題。

放學後，黃立輝把書包甩到肩頭上，大跨步走出教室。潘金杰目送他的背影，自己爽然若失的抓起書包，準備回家。

「阿杰！阿杰！」

走到一半，耳中傳來喊他的細聲響，潘金杰愣怔一會，整個人恍如失魂般，被聲音牽引，走到莿桐樹底。

早候著的林文仁怒目瞪視著潘金杰：

「你朋友怎麼當的？」

「我……抱歉啦！」潘金杰過意不去，低垂著頭。

「你不但沒替我問出地址，還洩漏我的祕密，可惡！」林文仁猙獰的大發雷霆。

已經走出校門的黃立輝悄悄又折回來，躲在操場一角，視線剛好可以看清楚莿桐樹下的一切。

他看到潘金杰一個人在演獨腳戲，一下點頭、一會比手畫腳。過了好一會兒，天色更暗冥，黃立輝驚訝發現，潘金杰的對面真的有一縷輕灰色人影，但是只有模糊線條，看不清人影臉容、身材。

黃立輝輕輕移動腳步，想靠近一點，因角度的變換，居然剛巧看到線條模糊的人影。

看清楚人影，黃立輝霎時又驚、又呆！潘金杰沒有騙他，他真的是在幫林文仁的忙。但是，林文仁為什麼沒到校上課，卻要跟潘金杰偷偷摸摸約在樹底下？匪夷所思……呃！且林文仁臉是猙獰、可怕的青厲色，目眥盡裂，嘴巴皮裂到兩邊耳際，一張、一闔講話時，舌頭如蛇，抖動且伸的很長，幾乎快黏到潘金杰的臉孔。

隨著他大口閉口的樣子，黃立輝耳中聽到尖銳、快速的「嘰嘰啾啾……」

黃立輝思緒紊亂的轉動著，渾身打起顫抖，一直想走、想離開，可惜雙腿像灌了黏膠，動彈不得。

潘金杰跟林文仁談了很久、很久，緊接著，林文仁突如其來，兩顆黑色小眼瞳，轉望向黃立輝站立處。

黃立輝有一剎那的暈眩，可惜雙眼不受控制的對上了林文仁。林文仁緩緩抬起手臂，向他招了招。

冷汗像暴雨，從黃立輝頭上狂洩而下。就算能移動身軀，他也沒膽走過去呀！

潘金杰也轉頭望過來——黃立輝看得更清楚了，林文仁裂嘴，好像是在笑。然後，他往上飄，遁入莿桐樹頂端，蒼鬱而幽暗的樹葉叢裡。

黃立輝頓時萎摔到地上，整個人都空乏了。潘金杰跑過來跟他說話，他都渾渾噩噩。看他不對勁，潘金杰好意要送他回家，但是被他回絕了。因為看到他，會讓他聯想到林文仁。

黃立輝請假了兩天，第三天才來學校，潘金杰關心的問候他，他都保持冷淡長距離。

之後幾天，他發現潘金杰一有空就會到教室左邊窗口凝望莿桐樹頂，早自習、午休、下課時也會到鬼樹下，一個人喃喃自語。

一天，黃立輝終於忍不住，下課時喊住潘金杰想阻止他再去鬼樹，但是潘金杰跟他爭論不休，尤其提到林文仁時，潘金杰更是激動得口沫橫飛，還批評黃立輝一點都沒有同學愛。

第二天放學後，黃立輝拉住潘金杰，強制他跟他走，潘金杰不願意，但拗不過只好跟他一起走，想不到，黃立輝帶他搭車到個陌生地點。

登上公寓三樓，敲開門，潘金杰才知道這是林文仁的家！

原來，黃立輝向班導查問過林文仁的事，班導說林家人沒有聯絡他，他正準備找一天走一趟林家。班導給了黃立輝林家地址，同時請黃立輝有空的話，替他走一趟林家慰問、了解。

林文仁的媽媽游靜枝一把眼淚、一把鼻涕地述說，她很不捨，兒子原來身體很健康，怎麼會一病不起？看過很多醫生，都查不出他到底是什麼病？

她說，林文仁在一個多月前就逝世了。

潘金杰恍然大悟，一回想林文仁去世那天，正是第一次段考完，他現身在鬼樹下，委託他幫忙的同一天。

游靜枝說，她原本想去學校跟老師說明，辦理退學什麼的，但心情很低落，加上忙，一直無法到校，還想說不如先打電話給老師。既然兩位同學來到家裡，就拜託他們，向老師說明。

辭出林家，下樓時潘金杰聽到熟悉的呼喚聲。

林家公寓前有數棵莿桐樹，他循聲往上望，在稀疏的枝葉間，依稀有一雙熟悉眼神，對著他眨巴著。

後來，潘金杰還看到林文仁數次出現在學校的鬼樹下，他每次都生氣地指責潘金杰，不肯幫他找李月紅的家人。

幹嘛找李月紅呢？

後來，潘金杰家人帶他去廟裡祈求平安符，潘金杰把整段事件從頭到尾說出來，廟祝聽完，說林文仁不該丟原子筆挑釁，觸怒亡靈李月紅。一般說來，亡靈很固執，尤其是自殺者，怨氣更深，陰靈力更強，林文仁分明是被亡靈強拉去的。

已亡故的林文仁，或許想跟也是亡靈的李月紅在一起，因為當初，也是李月紅纏上林文仁的。

廟祝還說，林文仁去世後，還有心事未了，藉著莿桐樹的聯結從住家幻化到學校的莿桐樹找同學，這其間或許李月紅也參入。

總之，另個空間的狀況，除非有親身經歷、親眼目睹，不然，一切都只是憶測而已。後來，潘金杰跟黃立輝商量，覺得好人做到底，挑個假日第二次上林家，向游靜枝說出林文仁的遺願。

林家人獲悉這個消息，又是一陣唏噓，他們終於明白，兒子原來是被女亡靈纏上帶走的。至於要不要圓兒子的遺願，那就是林家的事了！

見鬼之校園鬼話 4

參

陰間來的電梯

蕭聖智抱著一大疊講義，候在電梯前，等了好久，電梯還沒下來。

同系、同班同學王文漢由草圃走道過來，看到蕭聖智，打個招呼走近：

「要不要我幫忙？」

「不，不用，很輕。」

蕭聖智抬頭看一下電梯上的指示燈，依然還在四樓：

「怎麼這麼慢？到底是誰……」

王文漢挑一下眉頭，說道：「還是走樓梯比較快吧。」

蕭聖智搖頭，摸摸手上講義：

「已經等很久了，應該快來了。」

王文漢張嘴想說些什麼，終於閉上嘴轉向一旁的樓梯：

「你等吧，我先走嘍，待會見。」

蕭聖智點頭，再次望向電梯頂，果然，電梯下到三樓、二樓……終於電梯打開門，嘿！裡面竟然是空的？那，剛才待了那麼久是怎回事？蕭聖智很無言，原想抱怨幾句，既然沒人，也就把話吞回肚內。

跨進電梯，他按下七樓，電梯緩緩關上，開始上升。

上升到一半，電梯頂上的燈光，忽然閃了閃，電梯跟著震動了一下！

第三章
陰間來的電梯

蕭聖智空出一手，抓住扶手，接著，電梯猛然往下降。

「耶耶！怎回事？我要上樓哩！」

也不知道說給誰聽，蕭聖智空出那隻手，在七樓按鈕上，急切的按、按、按……沒有用，電梯繼續往下降！他忙轉按開門鈕，但也沒用，電梯就像有人在控制，或是它有自主力般，持續下降。

過了有兩、三分鐘，蕭聖智突然想起，剛剛由一樓上來，就算電梯會往下也只能到達一樓而已，可是它居然一直往下，這就不對了！

忽然頂上的燈光一閃、一滅中，變的更暗，蕭聖智滿頭大汗，找到求救鈕，用力按下去……

鈴聲沒有預期中的響起來。

如果電梯壞了，為何還會動？如果沒有壞，為何按鈕都故障了？

忽然，電梯停住了！

蕭聖智鬆了一口氣，正要伸手按開門鈕，不料，電梯門自動打開！

外面，不是明亮的一樓，是好像著火後的煙霧般佈滿暗濛濛一片。

蕭聖智惶急著跨出去，就怕萬一火燒起來，悶在電梯裡一定沒命！

外面烏黑煙霧迷漫得伸手不見五指，他呆呆怔立著，完全搞不清楚是出了甚麼狀況。

忽然，煙霧暗濛中出現許多影子。影子緩緩走過來，那樣子好像想搭電梯。

「誰？你們是誰？」蕭聖智揚聲問。

沒有人回話，影子愈聚愈多，愈擠愈靠近蕭聖智。雖然靠近了，但他還是無法看清楚這群影子的臉，便伸手要推開它們，但伸出的手，碰不到任何東西，卻感到一股凍寒。蕭聖智低頭看一下自己的手，又凍又死白。而接近他的影子，居然穿過他的身體！

身體每被穿透一次，他就打個寒顫，寒透骨髓。顫抖得受不了，他咬緊牙齦，憤然大喊：

「啊——走開！不要過來！全都走開啦！」

就在這時，他背後被拍了一下，他轉回頭，看到一個似熟悉、又陌生的臉龐。

總算遇到個熟人了，蕭聖智心中鬆了口氣：

「呀！你……校內同學，對不對？」

這個人點頭，臉容發黑，嘴唇白慘慘。

「抱歉，我、我忘記你的名字。」雖然渾身微顫，蕭聖智勉強振起微弱的精神，冀望能得到救援。

「湯……宏……江……」

「呃！對！對！」蕭聖智因為寒顫，連聲音都顫抖著：「我……帶我出去，快！」

湯宏江搖頭，斷續說：

「……沒辦法。我……要拜託你，帶我上去，帶我……上去……」

說著，湯宏江整個撲向蕭聖智。蕭聖智頓覺有如掉入冰冷寒湖中，整個人暈厥了。

⚒

「帶我……上去……」

蕭！聖！智！

陣陣呼喊聲中，蕭聖智回過神，甦醒了。

雖然被毛毯包裹緊緊，但蕭聖智依舊渾身顫抖。

「終於醒了！好了，醒了，沒事了。」

轉眼望去，蕭聖智看到旁邊身著白衣的醫護人員，另外幾位同學，還有教授也在。

據同學所述，上課鈴響，教授一直等不到他送講義進來，所以請幾位同學去找他，同學有的走樓梯、有的按電梯，可是電梯始終停在一樓，請校工幫忙撬開電梯門，搞了好半天，電梯終於打開，卻看到蕭聖智昏倒在電梯裡面，講義散落一地。

這節課的時間，就這樣浪費掉了。

蕭聖智休息了一天，復原後幾位同學問他，到底發生了什麼事？

蕭聖智記得最清楚的，是「湯宏江」，其他細節是後來陸續想起來的。

暖暖的午後，幾位同學喝著飲料在閒聊，聊到一半時蕭聖智走過來，大家忽然安靜了下來。

蕭聖智捧著咖啡，加入圈圈，望著大家說：

「幹嘛，說我壞話啊？沒關係，我不介意，繼續談。」

沉靜了一下，余謙開口：「我覺得不可思議耶，那天你怎會想搭電梯？」

喝著咖啡的蕭聖智差點噴出滿口咖啡：

「喂！你有沒有良心？我捧了一大疊講義，你叫我爬七樓！」

「結果呢？比爬七樓還糟糕。」王文漢接口。

「對了！說起這個，你那天怎沒提醒我？」

「有呀！我不是跟你說，走樓梯比較快。」

第三章
陰間來的電梯

「這個叫提醒？你哦，太不夠朋友了，沒有同學愛。」蕭聖智瞪著王文漢。

「大家都知道，為什麼你不知道？這也太奇怪了吧。」

原來，蕭聖智很用功，平常都沉浸在書本裡，很少閒話八卦，所以許多訊息都不知道。

「知道什麼？」蕭聖智一一巡視眾人：「快說啦！」

余謙：「我們都知道，為什麼你不知道？」

頓了頓，王文漢放輕聲音說：「那一天，是湯宏江的忌日！」

「湯宏江？他是誰？」

蕭聖智滿頭霧水，出事的那天才知道這個名字，他正想找機會問問。

王文漢原本還猶豫著，拗不過蕭聖智催問，便拉著他走到騎樓外，指著右前方。

X館的正門進來，為了造景，有一座水深及膝的小水池，池水看來清澈、涼爽。

蕭聖智看著水池，脫口說：

「水池呀？景觀好又漂亮、清涼，怎麼了？」

「前兩屆學長湯宏江，溺死在水池裡。」

蕭聖智呆了半晌，好半天說不出話，不！是不曉得要說什麼。

「明白了嗎？」王文漢道。

蕭聖智猛然搖頭：

「不明白！這座水池不深吧？我常常經過它，看過了，水深頂多還不到膝蓋，哪可能會淹死人？」

王文漢聳聳肩，其他同學們皆淡然一笑，余謙接口說：

「有一天晚上七點左右，我在一樓等電梯，結果門一打開，裡面擠得滿滿的，都是滿身潮濕、長相猙獰又恐怖的人，連地上都有水流出來。」

「哇！」蕭聖智大訝出聲。

「在我旁邊也有其他同學在等電梯，他們都沒看到，還自顧走進電梯，我當然不敢進去，改走樓梯。」

「這也太奇怪了。你知道是怎回事嗎？」蕭聖智聚攏眉頭說。

余謙搖頭，同學們也沒人知道是怎回事。

⚒

一大早到學校，蕭聖智看到一輛救護車，閃著刺眼紅燈，停在校內X館正門外。

他好奇的上前，撥開人群一看。這時，救護人員抬起單架正要走，忽然颳起一陣風，吹開蓋住人體上的白布，露出一張瞪圓雙目、咬牙切齒、扭曲而白慘慘的臉。

第三章
陰間來的電梯

令人印象深刻的，是死者嘴角有一顆痣。

蕭聖智心中「喀噔！」跳了一下，急忙退出人群時，剛巧碰到王文漢，兩人一面往教室走一面閒聊。

聽王文漢說，那位女同學姓方，聽說前陣子跟她男朋友鬧彆扭，不知怎回事，今天一大早被人發現面朝下趴著溺死在水池裡。

「耶！你很厲害喔，消息竟然這麼靈通？」

「哪是，我認識一位學長，成績優異，畢業後被留校當助教，一面攻讀博士，有許多消息都是聽他說的。」

「呃？」

「他還告訴我一件原始事件耶，我告訴你，你可不能傳出去喔。」王文漢忽然低聲說。

蕭聖智點頭，認真地豎起耳朵。王文漢接著說起……

原來，校方找校地時，找到的這座山頭在很久前原本是一片亂葬崗，後來好像墳塋都遷走了，反正這塊校地看起來只是一座普通的山頭而已。

不過為了謹慎，校方還是請人來看過風水，前面幾棟大樓，就是依八卦陣形式建校的，而這些就是風水師的建議。

大樓後方就是小水池，水池邊還有一道小橋，看來很詩情畫意。

後來校方又擴建X館，據說，X館的電梯位置，剛好就在八卦陣當中，早在電梯開始啟動時鬧鬼事件就頻傳。傳說，電梯不但會自動開開關關，還會自動停在它想停的樓層。例如有人想去七樓，結果它自己停在四樓，門一打開，外面根本沒人等電梯。總之，傳言始終沒有停過。

「你看到水池旁的橋嗎？同學們暗地裡都稱它『奈何橋』。你知道嗎？這條奈何橋下，已經死過好多人了。」

「都是溺死的嗎？」

王文漢點頭。

「可是，這座水池看來不深。」

「這就是奇怪的地方。」

聽王文漢提起這樣的傳說，蕭聖智打心裡不相信，這方水池總是清澈碧綠，無論怎麼看，都不像是會殺人的水池，至於上回電梯事件，他認為是機械故障。

不要說念理工、機械科系的，就連一般同學們都有概念，是機械的東西，哪時候要出狀況，誰都料不準呀！至於今天溺水的方女同學，也許是心情低落、也許是感情事件一時想不開，也有可能。

下課後，蕭聖智跟他的麻吉曹昕一起走，閒談間提起校內傳說，這才知道原來曹昕也聽過這些傳聞。

想不到，曹昕的想法跟蕭聖智不謀而合，他也不相信沒有根據的傳說。

「好極了，我們來組個探險團，打破不實的傳言吧？」曹昕大聲說：「有興趣嗎？」

「好呀！再多找幾個人，一起追查。」

兩個人互擊一掌，此事就這樣說定了！

⚒

其實，有關校內電梯、奈何橋、水池的傳言，早就沸沸揚揚，但是因為沒親見耳聞，不信邪的同學就不肯信，以為都只是嚇唬人的傳言而已。

蕭聖智、曹昕、找到兩位別科系、膽大又不信邪的女生——許木花、孫虹，一共四個人組成探險團。

除了睡覺的八小時，又扣除掉有課之外，四個人排定，幾乎每天十幾個小時都有人輪流監控。

只要找到對的位置，整個八卦陣的中心位置都可以一目了然。他們的計劃是暗中執行，等到證實一切都是子虛烏有時，才要對外宣佈。

這一天，孫虹輪值，晚飯後她就守在固定角落，差不多整個水池、奈何橋、電梯門，都在監視之內。

八、九點過後，進出X館的人，包括教授都比較少了，即使有，也都是走樓梯。想到大家都不肯又或許是不敢搭電梯，孫虹不禁淡然一笑。

打個哈欠，她看一眼腕錶，喔，已經十點多了，再等一會兒，就可以下工了。抬起頭時，她忽然一愣。電梯門緩緩打開，裡面走出了許多人，唔……起碼有十幾、二十多個人！

怎麼可能？難道有人上夜課，十點才下課？

她抬眼望一眼X館，烏黑嘛漆的整棟樓館，像隻矗立在暗夜裡的巨獸，完全沒有一絲絲燈影，就連天空也無星、無月。

就這轉念間那群人，哇！不只二十多個人，因為電梯裡，持續還有人往外走出來，怪的是，居然一點都不感覺到擁擠。

孫虹愈看愈覺得不可思議，一部電梯才多大，哪可能容得下這麼多人？

這群人步伐緩慢，動作、臉容僵硬，除此之外差不多跟一般人沒兩樣，也看不出有啥特別或可怕的地方。

第三章
陰間來的電梯

忽然，其中有四、五個動作一至，同時轉頭望過來，孫虹動作也快，連忙躲入大柱子後面，她很好奇那群人想幹什麼及要去哪？

另一方面，她心裡暗喜，今天這個大發現，明天可以向大家炫耀了。想到這裡，她突然記起，連忙掏出手機把他們這群人拍攝下來，這才是證物哩。

一面拍，她一面把手機放近眼前，想看看效果如何，突然，手機內出現一張大臉！

她有被嚇到，明明就沒看到有人走向她，吃了一驚後，她放下手機，呃！果然，一位男同學直挺挺站在她面前，可能因為沒有燈光，他臉容發黑，嘴唇慘白。

「同學，你們要去哪？」孫虹吞了口口水問。

同學半側身，伸手指向人群最前方，語音沙啞，似乎帶著雜音：

——看到了？領頭那位……它要帶我們去……

「去哪？要去哪裡？」孫虹聽不清楚，又問道：「你什麼名字？哪個科系？」

——湯……宏……江。

這次，孫虹倒是聽清楚了。就在這時，無風也無任何跡象，一名女生倏然冒出來，扭曲的臉上，七孔不斷冒出血水！

孫虹倒退一大步，到此時才感到有一絲駭異，但是她整個人已經無法自主，也就是說，她腦袋、身軀、神經，整個都懵了，只剩下嘴巴可以嗡動。

但也只是嗡動而已，卻發不出任何聲音，可是她心中想的事情與疑問，對方似乎都知道，也能立即回答她。

妳是哪位？

——我是方淑真。妳不知道嗎？上週三，妳站在水池旁，看到我。

呀！孫虹想起來了，一輛救護車，一台擔架，經過時颳起一陣風，吹開蓋住的白布，露出瞪圓雙目、咬牙切齒、扭曲的臉，嘴角還有一顆痣。

孫虹轉眼看到她嘴角的痣，當下確定了，整個人還是無法自主，只浮起一個疑問，為什麼要死？

——水水池清澈……我的倒影不……不醜……為……為什麼……他要負我？

孫虹渾身動彈不得，雙腳往上直打顫抖。

——我……不甘……不甘心，跟我來……跟我來。

不！不要！我不要！孫虹心中強烈的推拒著。

但是，湯宏江、方淑真一左、一右，幾乎是以包抄方式向她挾持而來。

第三章
陰間來的電梯

不到一個禮拜，X館正門外，又來了一輛救護車。

死者孫虹趴在不很深的水池裡，面朝下溺斃，她的手機掉在X館大樓的樓柱地上，與水池相距至少有一大段距離。

手機呈開機現象，電量早耗費完，警方人員充電後再開機，裡面沒有任何影像。

警方鑑識後，她身上沒有任何傷痕，也沒有被攻擊跡象，便依自殺結案。

校內的傳言更加沸沸騰騰，校方也很頭痛，不知道該對家屬怎麼交代。

對於水池、電梯，大家除了駭怕另有一份深切的畏懼。只要天一黑，大家都避開校內最末棟的X館走動，除非不得已不然一定會結伴爬樓梯。

探險團剩下三個人，蕭聖智、曹昕想解散探險組團，偏是許木花不肯。

「不可能是自殺！絕不可能！」許木花紅著眼眶：「我一定要查清楚，她到底怎回事？是被人謀害了嗎？一個學生而已，有必要這麼兇殘嗎！」

就為了許木花，蕭聖智和曹昕約定，如果她有要事，必須到X館，務必要撥手機給他們，他們再去陪她。

蕭聖智同科系的同學王文漢、余謙等人，大肆談論有關校內的八卦陣、奈何橋、電梯等等話題，很肯定電梯是陰間來的，來擄陽世間的人。

一天下午四點多，教授請許木花送一箱書到X館七樓，她想了很久，決定撥手機給蕭聖智，蕭聖智要她等他。

接著蕭聖智很快就趕來X館，許木花等在電梯前，按了很久的電梯按鈕，才發現，原來電梯原本就在一樓。

電梯門一打開，他兩人都愣住了，電梯裡面站了滿滿的人。這些人形態怪誕，有低著頭、有垂著頭髮，覆蓋住臉、有歪著脖子、有伸長舌頭、有渾身濕淋淋……

不知過了多久，電梯門緩緩闔上，往上升。

過了好一會兒，許木花臉色倉惶，清醒過來似拉住蕭聖智臂膀：

「你剛剛有看到嗎？我好像看到孫虹，她站在最後面，被一個高大男生擋住了！」

蕭聖智搖頭，額頭浮出青筋，他沒看到孫虹，但是他看到最左邊，一位低頭長髮覆蓋著的女生，嘴角有一顆明顯的痣！

他記的很清楚，她是兩週前溺死的女生，王文漢說她姓方！

兩個人杵在電梯前，不曉得要怎辦？繼續按電梯按鈕？還是走樓梯？

說不怕鬼，其實只是嘴巴講講，真要遇上了，任誰都會升起強烈畏懼感呀！

眼看天色逐漸暗下來，這箱書總不能丟在這裡吧？

「叮！」電梯忽然發出聲音。

兩人望去，電梯停在四樓，好一會兒，它又上升直上七樓。

想了想，蕭聖智聲音艱澀，說：

「我看，把箱子扛上去，走樓梯。」

許木花點頭。兩個人彎腰低身，拉著箱子——哇！還蠻重的！

可是不搬又不行，蕭聖智一下左、一會右、然後又是前、又是後的掂著箱子，準備好要開始搬了時，突然，又一聲響：「叮！」

耶！什麼時候電梯已經到達一樓，還迅速打開門，門內空空的不見半個人。

蕭聖智和許木花對望一眼，兩人一點頭，硬著頭皮合力把書箱搬進電梯內，分別按下關門和七樓的按鈕，電梯緩緩闔上。

兩個人，一個倚著電梯牆、一個站的筆直。

表面看起來，兩人臉上都鬆了口氣似，實際上，兩個人心中宛如壓了塊巨石。

為什麼要承受這種壓力呢？為什麼非得在這麼晚時間還得扛書到七樓？為什麼沒事要組什麼探險團？事件都尚未查清楚，為什麼孫虹會溺死？究竟是誰害的呀？一連串的為什麼，突發性的盤旋在蕭聖智和許木花的腦海中，揮之不去。

「我們解散算了！」蕭聖智突然發聲說。

安靜得可怕的電梯內，因這無俚頭的話語，讓兩個人同時都嚇一跳。

「這些其實不干我們的事！」

許木花點頭，沒有出聲，可能怕一出聲會讓繃緊的心口更慌亂。

「這些應該是學校該注意的，我們幹嘛沒事找事？』

「嗯。那你看，孫虹到底為什麼會……」

蕭聖智搖頭不語，在這敏感地方、敏感時段，他認為還是不提的好。

許木花轉開話題，又說：

「我們系裡好幾位男生說，他們常搭電梯，從來沒有遇到過奇怪的事。」

「呀？真的？」

許木花點頭，接著說：

「我也曾問過跟我同寢室幾位女同學，她們也是一樣的說法。不過，其中有一位說，遇到過一次，電梯上升一半突然停在四樓，門打開了，外面都沒人，過了一會，門又關上繼續上升，就這樣。」

「所以，應該是機械的問題，有些人故意繪影繪形，添油加醋嘍？」蕭聖智低聲說。

第三章
陰間來的電梯

許木花咋咋嘴，正欲出聲，突然電梯頓了一下！

兩個人不約而同望向電梯上方，指示燈亮著「四」，同時轉望左邊一整列的按鈕，「七」樓的鈕明明就亮著，而四樓的按鈕是暗的，為何會停在四樓？

接著，電梯門緩緩打開了。

電梯內兩個人的心，全都提高到喉嚨，四顆眼睛緊盯住電梯外……空的！

蕭聖智正打算伸手按關門的鈕，突然，一個粗嘎男聲傳來：

——我說，這事馬虎不得！

另一個是細音：

——不然咧？

——我打算讓大家知道！

——何必呢？

這細音很熟，除了這兩個對話聲音外，還有其他或嘰啾或喧嘩的雜音傳來，而且，就在電梯門外不遠的地方。蕭聖智很想探頭看，卻又不敢。

一樣的，許木花也很想一探究竟，但就是提不起勇氣。

經過一番折騰，這時候已經是下午五點多，天色昏濛，大樓內更暗。尤其電梯外的走廊，雖然有燈，但卻是幽暗不明，無形中，更平添許多驚悚感覺。

粗嘎男聲又響：

——你不覺得很瞎嗎？明明我們就存在著，為何要把我們抹煞掉？

——形體都沒了，何必計較……

瞬間，蕭聖智和許木花，瞪圓雙眼，交互瞪住，臉容慘白而青綠！

聽出來了，這細音正是孫虹的聲音，只是音階變得極低而細。

就這會兒，電梯外走廊的燈光一閃、一滅，繼而轉成陰晦。

粗嘎聲音又傳來：

——不是我要計較，妳看，我在妳也在，只是他們看不到我們，怎麼可以否認我們的存在？

細音嘆了長長一口氣，拖得又長、又陰惻。

——我不願一直待在這裡，我必須走。

——想去哪裡？

——哪裡都好。唉！每天上、下；下，上，幾乎都徘徊在鬼池，要不就往上，上面只能到虛空，又得經歷魂飛魄散。我倦了，你們大家呢，厭倦了嗎？

紛紛傳來應和聲浪，都是尖銳、高吭的嘰啾鬼聲。

——啊！呀！電梯開了，上去嗎？還是下去？繼續去抓交替嘍！

一時之間，許多怪聲浪喊著：電梯、電梯、電梯……

蕭聖智和許木花冷汗涔涔，不約而同，其迅無比的伸長手，慌措又緊張的狂按、猛按電梯鈕！

⚒

蕭聖智、許木花足足請了兩個星期的病假，因為不同科系，他們的際遇當然也沒人知道。

曹昕打手機給蕭聖智，也曾撥打許木花的手機，想了解怎回事，但是他們都關機，這更讓曹昕，心裡七上八下，就是猜不透他兩人怎回事，又遇到什麼了？

雖然不信邪，但是探險團內的人陸續出狀況，曹昕難免忐忑不安。

曾有好幾次，曹昕徘徊在水池傍、也搭坐過電梯，但都是在大白天，還有其他同學們一起搭，若有必要上X館也盡量都爬樓梯。

即使如此，X館的電梯、水池，還是依舊陸續發生不可思議事件。

一天黃昏下課時，曹昕和王文漢、余謙，由X館下樓來，刻意離水池遠遠的，走到一半，忽然傳來一聲高昂驚呼，他們循聲往後望去。

赫！一個女同學跌進水池內，正自掙扎不已，三個人中的王文漢和余謙看到了，箭矢似的衝上前，撈起女同學，她渾身濕透了，看起來驚魂未定。

問她好好走著路，怎會掉入水池內？

原來，她跟方淑貞是同系同班同學，她走到一半時，忽然看到旁邊的小橋上，站了個女生，不斷向她招手，剛開始她看不清楚，愈走愈近，等看清楚時，整個人大震驚，因為，她看到小橋上的女生，居然是已溺水亡故了的方淑真！

就在她驚恐萬分時，腳下一滑，整個人撲入水池內。

照說水池不深，但這位女生說，她跌入水池內時，有東西在拉她的腳，使她站不穩，上半身整個都泡入水池內，她無法呼吸，張口都是滿滿的水。

曹昕和王文漢、余謙聽了，望向空無一人的小橋上，無端起了疙瘩。

唯有曹昕在隱約中，可以看到陰暗夜色下，似乎矗立了幾道身影。

他一會瞇眼、一下凝眼，雖然身影模糊，但看到有抬起手臂，狀似在招手，很熟，這影子很熟悉！

他忘情的徐步向前，想看清楚身影是否是他認識的人？

就幾秒間，身影逐漸清晰。等看清楚了，他不自覺驚訝大叫出聲！

身影，赫然是蕭聖智！

突然，曹昕被人猛然拉住，他整個人頓清醒過來，低頭一看，他的右腳懸空，就要踩進水池內。

王文漢和余謙護住那位女同學遠離水池邊，卻沒注意到曹昕竟然反走近水池，還差一點要掉進去。

旁邊王文漢發現了，連忙疾步上前伸手拉住曹昕，並同聲責備曹昕。只見曹昕臉色發僵，指著小橋方向，抖著嘴唇：

「你們看到沒有？他……他在那裏。」

「誰？」余謙和王文漢同時問，轉望著小橋。

這時，小橋上的人影都消失了。

「蕭、蕭聖智，我看到他……跟我招手。」一面喘氣，曹昕一面說。

「亂講！」王汶漢大聲道：「他請了幾天的病假，在家裡休息。」

但曹昕聲音顫慄的發誓旦旦，說他沒看錯，真的看到了他。

「不要亂詛咒啦，沒事、沒事！」余謙說：「先送這位女同學去醫護室，待會你撥蕭聖智的手機。」

⚒

回到住宿處，曹昕立刻撥打蕭聖智的手機，一連撥了好幾通，結果都沒接，還轉入語音信箱。

第二天起床，他又繼續撥打，還是一樣。

曹昕看了一下課業表，上午沒課，他決定走一趟蕭聖智的家。

蕭聖智家住台北，曹昕很快就到他家，敲開他家的門。

蕭爸爸正準備上班，看到曹昕，相當意外，曹昕說明來意，蕭爸爸擰著花白的眉頭：

「聖智在醫院，他媽媽在照顧他。」

「他怎麼了？」

曹昕吃一驚，問過醫院病房，辭別蕭爸，十萬火急地趕到醫院去。

蕭聖智躺在病床上，緊閉著眼，臉色有些蒼白，蕭媽媽跟曹昕客套了一會兒，在曹昕追問下，絮絮道出蕭聖智的狀況……

在一個很晚的晚上，蕭聖智回家後，臉色紅通通的發燒了。燒了好幾天，偶而清醒但大部份都陷入昏迷，在昏迷中，他喊著一些人的名字，還喃喃低語說了許多難懂的話語：

「抱歉，我害死你。不！不要來找我。我不要跟你去。放過我。啊！不要拉我，我不要走這個橋，拜託，我不想走……」

蕭媽媽覺得不對勁，才送他到醫院。結果狀況都沒變，醫生也查不出病因，都說蕭聖智身體狀況都正常，也不曉得到底怎樣了。

說著說者，蕭媽媽眼淚掉了下來，她只生了這個獨生子，一心祈禱千萬不能出任何差錯。

「蕭媽媽，妳有聽清楚，他都在叫誰的名字？」

蕭媽媽搖頭：「聽不清楚。我好像聽到什麼江……什麼紅、方什麼的。」

曹昕目瞪口呆，盯緊蕭聖智死白的臉龐，大著嘴巴，說：

「孫虹？湯宏江？方淑真？」

蕭媽媽猛點頭，眼淚也隨之而下：

「對對對，還說了很多我聽不懂的話，你知道我這孩子很用功很努力讀書，就是想減輕我跟他爸的負擔，我……」

掙扎很久，曹昕一再衡量之下，為了蕭聖智他只得明說：

「蕭媽媽，您相不相信中邪？相不相信鬼祟人？相不相信抓交替？」

愣了一下，蕭媽媽又掉下淚，哭著：

「我不知道，只是不知道這孩子到哪裡去惹了那些東西，他每天正常上、下課，除了讀書，別的地方都……」

「蕭媽媽，討論這些都不重要，最重要的，是您得趕快到廟裡拜拜，求個護身符或找道行高深的修行人，問問看能不能解決蕭聖智的事。」

「呀，對！」蕭媽媽恍然大悟地：「看我都急瘋了，怎沒想到這些？」

辭別蕭媽媽，曹昕同時撥手機給許木花，所幸許木花沒蕭聖智那麼嚴重，但也好不到哪去，曹昕便約了許木花，一起去廟裡求護身符並隨身攜帶。

過沒多久，蕭聖智都到校，正常上下課。

但蕭聖智告訴曹昕，說他一直作夢，夢見有人叫他上橋。有一次做夢，還站在橋上看到曹昕、余謙、王文漢等人。

曹昕恍然大悟的點頭，原來那天晚上，經過水池邊他真的看到了蕭聖智。

後來，因為事情鬧得太大，校方決定把水池填平。

如果，您聽過這個傳言再走一趟學校，可以發現被填平的水池上，已經鋪上了漂亮美觀的石磚。至於電梯，據說還是常發生問題。

肆

校園矮牆玄機

小五生江盼盼長的一副嬰兒肥，非常可愛，據江媽媽說，打從盼盼生下來時，就很奇怪。

她躺在小床上，常會發出「咯咯」笑聲；有時對著空中、門外、或是屋內角落、或是某個特定定點，手舞足蹈，笑得很開心，也不知道她在高興些什麼。不過，家人都以為小孩子嘛，她高興就好，並沒注意其他許多。

隨著年齡愈長，她就跟其他普通一般小朋友一樣，一切都很正常。除了小一那一年，曾發生過一件事情，直到如今，江媽媽跟家人，始終想不透原因。

江盼盼的學校位於市中心，ＸＸ國小，她每天都很早到學校，她的教室就在校門內，往右邊進去的第三棟。

第二棟是四年級，四年忠班教室也是在右邊，有一位小朋友也是每天都很早到校，跟江盼盼走同個方向，所以常會碰到他。

有一次，江盼盼掉了一包面紙，他撿起來，好心的大叫：

「江盼盼！妳的面紙掉了。」

江盼盼看一眼他他名牌上的名字，接過她自己掉的面紙，說：

「王信義喔，謝謝你。」

王信義也客氣回她：「不客氣。」

兩個人因而認識，上學途中遇到了，總會打招呼，說些話。

國小正面大門兩邊，各延伸了一整排低矮的圍牆，圍牆內栽滿高高低低的樹木、花草。

有一次，剛踏入學校大門，王信義向江盼盼說：

「妳看，這排矮圍牆，是不是有點奇怪？」

江盼盼轉頭看一眼，矮圍牆，不以為然的搖頭：

「沒有呀，哪裡奇怪？」

「我看也沒什麼，不過，偷偷告訴妳一件事。」王信義忽然壓低聲音。

「看你神祕兮兮的，肯定沒好事。」

「哪有，我可是乖學生喔！」王信義說。

又走了幾步路，江盼盼問：

「你剛剛說，要告訴我什麼事？」

「我媽每天都會給我送便當來，有一天我在矮圍牆邊等我媽，妳猜怎了？」

江盼盼聳一下肩膀，搖頭。

「嘿唷！導護老師，有沒有？姓李的那個……」

「喔，我知道，他講話很大聲。」

「對啊，他忽然大聲吼叫著衝過來。」

「叫你？」

「剛開始我以為他在喊別人，哪知道我回頭一看，哇！居然向我跑過來，我嚇傻了。」

江盼盼笑了：「我猜一定是你做了壞事！」

「哪是啦！我只是站在矮圍牆邊等我媽呀。」

「那……為什麼？」

「他衝到我面前，劈哩啪啦就開罵了。」

看王信義唱作俱佳的揮動雙手，加上兩腿叉開，那樣子確實像極了導護李老師的樣貌，江盼盼笑了出來。

看她笑，王信義也跟著大笑。

之後，江盼盼只聽到王信義說，李老師罵得他一頭霧水，他連忙離開矮圍牆，但到底李老師為什麼罵他，到現在他還覺得莫名其妙。

江盼盼自作聰明的接口說：

「我想，老師的意思應該是不要踐踏校內的花草，你站在矮牆邊是不是踩到了花圃、草地？」

王信義只是歪歪頭，不置對否。

⚒

又是一天的開始。

導護李老師站在校門口，雙眼盯緊來往人群，包括家長、學生。有些家長跟她打招呼，李老師都含笑頷首，他一面維持秩序，一面提高警覺。

這時，方老師由校內走出來，站在校門口直視著右方前的大馬路，一副若有所思狀。

李老師轉望右邊，看一眼方老師，循他的眼綫跟著轉望大馬路。

「嗨！方老師！早安。」

「呃，早！早。」方老師回過神，走過來。

方老師原是教六年級的，自從班上一位學生發生事情後，改調四年忠班，王信義就是他班上的學生。

方老師點點頭，眼神掃一下大馬路，又轉望李老師：

「你每天都這麼早，辛苦了。」

「哪會，習慣了就好。」

了……

方老師點頭，卻沉默著。

這時，幾位家長向李老師道早安，李老師也回應，笑笑看著學生踏進校門內。

接著李老師好奇的轉向方老師，開口問：

「你今天特別早喔？等人嗎？」

搖著頭，方老師臉色怪陰黯地。一會兒，更靠近李老師，簡直就要附上他耳邊

「呃！再過幾天，就是……四週年了。」

李老師不解他的話意，轉頭向他眼中儘是疑團。

方老師喟嘆一聲，向著大馬路呶嘴……

李老師眨眨眼，突然悟解的頷首。

「如果正常……呃！時間過得好快。」方老師又說。

「嗯。是啦！不過你已經盡心了。」

「沒錯，我只是惋惜一個優秀學生，就這樣……唉。」

李老師用手肘碰他一下，說：

「事情都過去了，你就不要再想那些無謂的事了。」

用力吐一口氣，方老師揮動雙臂：

「我沒有。」

李老師笑笑，想：真的沒有？那幹嘛還跑到這裡，還一副失魂落魄的樣子？

看一眼李老師，方老師似乎解讀出他話中意思，低聲說：

「我只是擔心舊事重演，希望能避免就盡量避免。」

點點頭，李老師轉開話題：

「那個學生，後來怎樣了？」

搖著頭，方老師說：

「我一直沒空去探望。感到很過意不去……」

「你課業也很忙好不好，總要顧及其他的同學，你想，每年升上來的學生就夠你忙的了。」

「啊！對了，我有事拜託班上一位學生，他說今天要來找我，等了大半天搞不好都已到了，我去看看。」

「快去吧，還是現實最重要。」李老師說著，露出笑容，目送方老師背影進去。

這時走在學校圍牆外，江盼盼忽頓住腳步。

前面，突然伸出一隻手，阻擋她的去路。

她循手臂，移動眼睛，順勢望向手臂主人，是個長頭髮女生，正對著她裂嘴而笑。

江盼盼雙目望住她，遍尋記憶，心中想著：這個大姊姊，我好像不認識吶！

——我認識妳喔，江盼盼，很好聽的名字！

江盼盼心中一喜，露出無邪笑容。畢竟，小朋友都喜歡被稱讚。

突然，江盼盼背後被人猛拍一下，她醒過來似微顫，轉頭往後看，是班上同學呂佳欣。

「妳幹嘛？」呂佳欣訝問道。

「上學呀，妳沒看到我正往學校走。」

「哪是，我看到妳呆呆站在這裡。」

「哦！就有一位大姊姊……」說著，江盼盼再轉回頭，空的！

呂佳欣跟著四下溜望著，不見半個人影。兩個人遂一面往學校走，一面閒聊。

⚒

「耶，我問你，你有沒有姊姊？」

「姊姊？」王信義一臉大訝：「妳怎會問我這個？」

「昨天我比較晚到校，在路上碰到一位大姊姊，她說我名字很好聽！」江盼盼得意的晃著兩根油條髮辮。

「這跟我有姐姐什麼關係？」王信義不解的反問。

「我又不認識年紀比我大的人，才會以為是不是你認識的人，或是姐姐什麼的。」

「我沒有姐姐啦。」王信義近乎失笑的上下打量她一眼：「她說妳什麼？名字好聽，人也很漂亮？」

「喂！你，什麼意思？」江盼盼雙手叉腰，瞪著王信義。

「沒啦！妳眼神好可怕。」王信義忙轉改話題：「耶，我媽說過碰到不認識的人，最好不要跟他搭訕。」

「嗯，我媽也說過啦。不過，我覺得其實沒關係。」

「喔！妳不能這麼說。」王信義臉色有些嚴肅。

「不然要怎麼說？」

「我……」王信義轉頭四下看看：「跟妳說一件事，妳不能讓別人知道喔！」

江盼盼點頭，把耳朵靠過去。接著，王信義臉帶驚恐的說……

他家隔一條街附近，有位鄰居，姓林，是他們同校的學生，有一天上學途中，遇到個陌生人跟他搭訕，他也跟他答話，哪知道就被陌生人迷惑了。

「怎麼迷惑？」

「詳細情形我不太清楚，因為那時候，我好像念幼稚園大班。」

「你說的我才不信！」江盼盼嘴角翹起來：「你那麼小，怎會知道？」

「哦，聽我媽說的。」

「然後呢？那位學生後來怎麼了？」

「就迷惑了，整個人都失魂了。」

「失魂？那是怎樣的狀況？」

「聽我媽說，那個學生變得瘋瘋癲癲不認得人，所有他家裡的人全都不認得了。」

「這樣呀，現在呢？」

王信義聳一下肩膀：

「我班上方老師叫我去他家問些事，我不敢去，拜託我媽去，聽我媽說好像他家的人把他送到醫院？還是什麼……腦科療養院吧？我不太清楚。」

「呀你怎麼跟方老師說？」

「嗯，就叫我媽直接打電話給方老師。」

江盼盼點頭，這時，已走到第二棟教室，王信義還繼續接口說：

「所以，我媽一再交代我，千萬、千萬不要隨便跟陌生人講話。」

江盼盼點頭。

「妳也一樣，絕對不要亂跟人講話，記住嘍。」

「說起這個，告訴你，我以前小一時也發生過一件奇怪的事，呀！你教室到了，有空再跟你說，掰掰。」

哪知，王信義迫不及待的想知道，江盼盼發生了什麼怪事，在第二節下課時，居然跑到第三棟江盼盼的教室門口，喊她出來，要聽她說故事。

江盼盼好友呂佳欣聽到了，也想聽，便跟著江盼盼三個人一塊走到兩棟教室間的花圃，江盼盼一臉慎重地望著呂佳欣和王信義：

「你們聽了可別害怕喔！」

王信義不在乎的聳聳肩，呂佳欣則瞪大眼睛，盯緊好友。

「那是我小一的時候，我記得很清楚，那一天下著大雨……」

⚒

小一上半天課，江盼盼家在一樓，她中午回到家，吃過中飯，媽媽去午睡，她一個人在客廳寫功課。

因為下雨，天色相當陰暗，她寫到一半，傳來一陣好像貓咪在叫的聲音。

小孩子注意力不集中，很容易被外力吸引，她馬上往聲音方向看過去。

哇！真的是一隻小花貓，牠骨碌碌一雙眼睛，直盯盯跟江盼盼對望著。接著，小花貓身上冒起一陣淡煙，淡煙愈來愈濃……凝聚成一個人形。

這時候的江盼盼整個人都呆愣住，眼睛卻還很靈活，她看到這個人體型壯碩，應該是個男的，它沒有下半身，下半身全籠罩在煙霧中，而它的臉卻是貓臉！

貓臉男乘著一股煙霧直逼近大門，可是卻無法進屋來，它裂開嘴巴，黑烏烏的嘴巴幾乎佔了它一半的臉，江盼盼聽到它說：

——雨很大，讓我進去躲雨，好不好？

江盼盼呆傻的點頭，它立刻竄進屋內，剎那間消失不見了。

因為每間屋子都有門神，除非屋主答應，無形的外物才能夠進來。

「後……後來呢？」王信義嘴巴都合不攏了，口水差點淌下來。

這時上課鐘響，江盼盼答應下回再續，三個人便各自回教室去了。

王信義和呂佳欣惦記著故事的結局，可惜，這一整天大家都不得空，偏偏第二天是假日，所以只能等到下週了。

第四章
校園矮牆玄機

星期一，又是一週的開始。

江盼盼背著書包很早就到學校，跨進校門口往右轉，走到一半，一陣緊急剎車聲突兀的吱吱響起……然後是巨大「碰！」一聲傳來。

江盼盼嚇了一大跳，每天上下學從沒聽過這麼可怕、又響的剎車、撞擊聲，她轉頭看了一眼矮圍牆。

圍牆上方是雙層鏤空的方磚，從空隙間依稀可以看到外面狀況。

小孩子最喜歡湊熱鬧了，江盼盼連忙越過花圃，趴在矮圍牆上，從方磚空隙窺視。

外面似乎很吵雜。

喔！她看到外面隱約許多晃動的人影、還聽到吵雜聲音沸沸騰騰……有人大聲喊痛、有人大聲喊叫：

呀——痛、痛死我啦！

出車禍了！

糟糕！快呀！快叫救護車！

真的發生大事了，江盼盼當下退回花圃外，循著道路路徑跑向校門口外，入目之下，她整個傻眼了！

學校外面一如往常的平靜，許多家長帶著小朋友，陸續往學校方向而來。

眨巴著眼，江盼盼退回校內往右邊教室方向而去。

才走幾步路，突然聽到：「吱——」一陣緊急剎車聲響起，接著是巨大「碰！」聲傳來。

江盼盼愣了五、六秒，紊亂的吵雜聲傳來，她才醒悟過來，連忙越過花圃，從矮圍牆上方鏤空的方磚空隙間望出去！

一切又重演！是車禍！

她抱著很大的疑惑，再度轉身跑向學校外面，看到的又是一幕既平常又安寧的狀況！

這是第二次，江盼盼又走進校內，第三次再度聽到外面車子急煞、人群的吵雜聲，這次，江盼盼沒有馬上跑出校外，她持續趴在矮圍牆上觀望著外面。

車禍後，被撞倒在地上的是個長頭髮女生，其他人紛紛擾擾之際，地上女生突然抬起頭，直盯盯望向江盼盼……

江盼盼吃了一驚，她認得她——就是前些天，上學途中遇到的那個女生。

當時，女生說的話語，言猶在耳：

——我認識妳喔，江盼盼，很好聽的名字！

接著，女生困難的支起身軀爬起來，她右手邊還好，左邊手腳骨折，手臂斷成九十度，腳也扭曲得不成形，正一瘸、一拐的向著江盼盼走過來。

江盼盼不知道該怎麼辦，瞪大雙睛，呆呆的跟她對望，看著她持續往自己而來。

隨著她愈逼愈近，江盼盼清楚看到她——幾道深而長的裂痕，把她的臉分成三大部分，當然也有細微些的小裂痕，充滿怵目驚心的血，往下流淌……

江盼盼心中想：不！不要過來！不！不！不要——

可惜，她無法動彈，整個人有如木頭人，就連雙眼也恍似被強逼著要看她。

一步一拐後，女生逐漸靠近過來，江盼盼的心也逐漸緊張、駭怕：

「她，想幹什麼？快！快走開！快點走開啦！」

她只能這樣想著，卻搞不清楚是叫自己快走開？還是叫那女生走開？

終於，女生走到圍牆邊緣……把臉湊近方磚，隔著磚塊跟江盼盼眼對眼、嘴對嘴……。然後，女生裂開嘴湧出一大股血水，猛噴向江盼盼……

⚒

「啊！哇——」

「哇！呀——」

兩股衝天拔高喊聲同時響起。一股是從江盼盼嘴裡傳來；另一個聲音是江盼盼後面的呂佳欣。

原來，呂佳欣進入校內，無意中看到攀在圍牆邊的江盼盼，好奇的湊近前，正舉手要拍她背部時，冷不防她突然大喊，呂佳欣被嚇一跳，跟著大喊出聲。

很快的，兩個女生頹倒在地，互看一眼，江盼盼抱住呂佳欣，哭的稀哩嘩啦！受到感染，呂佳欣也跟著哭……

因為聲音太響，導護李老師由教師辦公室走出來，上前拉起兩個女生，頻問怎回事。

兩個女生哭噎著，都說不清楚，江盼盼伸手指指矮圍牆，李老師大聲問：

「怎了？矮牆怎麼了？啊？」

江盼盼這時突然想到，老師一向禁止同學們踏上矮牆邊，連忙收回手，搖頭，以哭代替回答。

李老師雖然問不出什麼，但依然嚴苛的重申不准靠近矮牆，還數落兩人好一陣子才讓兩人進教室。但是，李老師心裡有數，升起不好的意念！

江盼盼的導師都被驚動了，第三節下課時間，找江盼盼和呂佳欣去問話，呂佳欣只說被江盼盼嚇到，江盼盼則支支吾吾了好半天，畢竟無法把所見說清楚，班導告誡她兩人：

「這件事到此就算了，不要再提起。記住，以後不准接近矮圍牆，知道嗎？」

中午，王信義跑到江盼盼教室門口，叫她出來，這時江盼盼已經平復許多了。

「今天早上，我看到導護老師好像在罵人，是怎回事？」

江盼盼臉色蒼白，左右看一眼，反問：

「你今天下午有課？」

王信義莫名其妙的點頭。

「下課後等我，我們一起走，我再告訴你。」

王信義逐開眉笑，跑回教室去。

下課後，江盼盼和王信義，加上呂佳欣，三個人一塊踏出學校。

一面走，江盼盼一面把早晨矮圍牆所見，一五一十說了個仔細。

「真有這種事？」話罷，王信義立刻掩住自己的嘴。

「對了！你之前不是在矮牆邊等你媽媽的便當？那你看到什麼嗎？還是有聽到什麼？」

王信義搖頭，一旁的呂佳欣也是滿臉驚恐。

走到一處紅綠燈，綠燈亮了後，因為家住不同方向，三個人各自分手。

才走幾步路，呂佳欣突然想起有件事忘了問江盼盼，便立刻回頭，想喊住江盼盼。

這時，她看到江盼盼後面跟了個長頭髮女生，女生伸出斷成九十度的歪斜怪左手，攀上江盼盼肩膀，然後江盼盼轉回頭，兩個人似乎在對話。

雖然呂佳欣走在對面馬路邊，但跟江盼盼是同個方向，她連忙往前衝，越過對向的江盼盼前面，並轉頭凌空望過去，她想喊，可是張大的嘴，忘了闔上，而步伐也頓住了。

因為長髮女生突如其來地轉頭，她沒有瞳孔，慘白雙眼死盯住呂佳欣。同時，呂佳欣看到她臉上裂開成三大部分，加上細微些的小裂痕，滿佈腥紅血水，往下流淌著……

雖然說不出話，但是呂佳欣心中明白，這個女生很像是剛才江盼盼形容的那個女生啊！

第四章
校園矮牆玄機

次日一大早，呂佳欣等在學校外面，看到江盼盼她忙跑過去，聲音顫抖地說出昨天放學路上所見，還把那長髮女生的臉，形容的微妙微俏。

江盼盼聽了，反倒笑了：

「呀！你看錯了，沒有妳說的那樣啦，那位大姊姊住我家附近。」

說到這裡，江盼盼轉頭，指著後方：

「妳看，大姊姊來了。她說她上班時，都要經過這裡，所以常會遇到我。」

呂佳欣除了看到幾位早到的學生和家長之外，壓根就沒看到江盼盼說的大姊姊。

江盼盼雖然笑著，可是卻臉色慘澹，呂佳欣看到她對空氣說話，還轉頭說：

「佳欣，快跟我來。」

呂佳欣遲疑著，江盼盼拉住她的手，移動腳步跨進校內，接著往右走，越過草圃，要呂佳欣跟她一樣，湊向圍牆空磚隙縫：

「大姊姊說，妳也可以看到她。吶，從這裡，有沒有？」

呂佳欣被迫俯上前，湊近方磚空隙，猛地一對沒有瞳孔、白慘慘眼睛跟她對上！

她驚的大叫一聲，往後退，不慎跌倒在花圃上。

「鬼！那是鬼，盼盼，妳見到鬼了！」

「亂講！妳過來看！」

說著，江盼盼用力拽起呂佳欣，奇怪的是，這時候江盼盼的力道很強，完全不像個小五生，倒像是個大人，呂佳欣再次被迫由空磚隙縫望。

這一看，她非常驚訝，她看到外面發生車禍，有一大堆人很吵雜，一個躺在地上的女生緩緩爬起來，轉頭瞪住她兩，一瘸一拐的向圍牆走過來，她臉上完全就是昨天看的那張臉，也就是盼盼說看到的整張破裂了的女生的臉。

「盼盼，妳看到了，看清楚了，她不是什麼大姊姊，她被車撞死了，她是鬼，我們趕快走！。」呂佳欣驚恐的大聲說。

她話尚未說完，背後一聲大吼，讓兩個女生嚇壞了。是李老師，他嗓門又大又急，同時伸出兩手，一手拉住一個，把她們給拉離開圍牆。

這天早上，江盼盼和呂佳欣被導師罰站一節課。

李老師和方老師閒聊時，李老師忿忿的說，現在的學生真是太難管了，接著說起有學生不聽話，故意採草圃，故意攀圍牆云云……

「呀！」方老師臉色遽變：「四、四週年，難道……我擔心的事，再次發生了？」

李老師無言的沉下臉。

方老師深深吸口氣：

「學生呢?有沒有……」

李老師搖頭:「不知道,我交代那兩個學生的班導師,請她嚴格管制一下她班上學生,不要再靠近矮圍牆了。」

「結果呢?」方老師還是擔心的問。

「今天早上看那兩位同學,就還好,沒什麼特異處。」

「希望不要發生舊事重演。」方老師放心似的點頭。

沉默了一會,方老師換上一張笑臉:

「記不記得,前幾天,我跟你提過那件事?」

李老師攏聚著眉頭,沉思著。

「就四年前我班上有個六年級學生,有沒有,叫林榮昌的?他被圍牆外的女鬼作祟,搞的瘋瘋癲癲,連家人都不認識。」

李老師點頭:「有有,我看你還很關心他。」

「對!我班上一位王信義同學,他家跟林榮昌住家隔一條街,是鄰居,我拜託王同學去探聽,結果王媽媽打電話跟我說,林榮昌已經出院回來了!」

「真假?」

方老師用力點頭:「聽到這個消息,我好高興,再花些時間,林榮昌應該可以繼續上學了。」

「喔！太好了，你也可以放下心中大石塊嘍。」

兩個認真的老師說著裡，語氣變得很輕鬆。

想不到，第二天，盼盼沒來上課，江媽媽打電話向老師請假，說她生病、發燒了。

⚒

一連幾天，江盼盼都沒來上學，學校內的老師們開始擔憂，悄悄流傳著，幾年前校門口發生車禍，導致校內同學被亡者作祟的事件又開始重演！

奇怪的是，呂佳欣反倒沒事。

於是，江盼盼的班導還有李老師、方老師叫呂佳欣到辦公室來，詳細的問她。

剛開始，呂佳欣很害怕，但禁不起老師軟言軟語誘導，她才一五一十，說出實情。

幾位老師聚集研究後，方老師自告奮勇，找個下午沒課的日子，陪同江盼盼班導一起去江家訪問。

兩位老師和江媽媽在客廳談話，談著江盼盼的狀況，江媽媽這才說出，江盼盼很小的時候，就常常會看到奇怪的東西。

最嚴重的是一年級時，在家裡作功課，門外一隻被附身了的貓咪，搭上江盼盼，居然進入江家，鬧的江家上下不得安寧，最後帶著江盼盼到廟裡求護身符，這件事才告了個段落。

江媽媽指著大門上一張老舊發黃的符紙，說，除了護身符，還有就是這張。

話說到一半，睡在房裡的江盼盼突然披頭散髮跑出來。

大家都被嚇一跳，江媽媽忙上前，拉住女兒。

哪知江媽媽竟然被甩開，江盼盼逕自衝到方老師面前，手臂歪扭的指著方老師：

「你！就是你，千方百計破壞我！陷害我！」

班導和方老師臉都白了，雙雙站起身，不知所措。

江盼盼雙眼翻白，甩著長長髮絲，嘴角噙著邪異冷笑：

「我，不可能離開！我，可以告訴你們，每一年我都會來抓替死鬼。」

一旁的江媽媽也嚇傻了，因為這聲音、這動作，完全不是她女兒的，是另一個陌生女人的舉動與聲浪。

方老師畢竟是男人，比較鎮定，加上之前遇到過林榮昌的事件，他放低聲音：

「我不知道妳是誰，發生這種憾事，也不是我們害死妳的，學生們又有什麼過錯呢？如果妳有良心，請不要找這些學生。」

「哈哈哈——」盼盼，不！女鬼發出悚然笑聲：「你的意思，是找你？還是找她？」

女鬼手指指方老師、又指向班導女老師，兩個人不約而同退了一大步，背脊竄起寒意。

方老師臉色更慘白，迅速截口道：

「當然不行，妳說，不然妳要我們怎麼做才滿意？」

女鬼雙眼翻白，細小眼瞳在眼況內轉三百六十度：

「我……差一點抓到林榮昌，被你破壞了。」

它口氣帶著惘然若失，方老師突然靈光一閃，想起之前向林榮昌的父親提出的意見。

那，可見這個法子應該有效！

「所以，妳離開林榮昌，轉向來抓江盼盼？是不是？」

「我會抓……繼續抓……很多、很多……」江盼盼的力量似乎愈來愈弱，導致女鬼有氣無力。

「聽我一句話，妳早該去投胎轉世了，我可以請學校為妳辦一場超渡法會，讓妳一路好走，好不好？」

「哼！」江盼盼甩搖著頭。

「我們都知道，那場意外妳很無辜，很可憐。但是，誰都沒辦法杜絕這種事發生呀，妳……」

方老師說到一半，江盼盼突然整個人癱軟倒下，淚流滿面的江媽媽，急忙伸手接住女兒，抱進房間。

⚒

只要找出病因，事情就容易多了。

據以前的經驗，江媽媽很快帶女兒去廟裡燒香、拜拜、祈求護身符……等等。

江盼盼很快就痊癒，可以上學了。

之後，方老師向校方建議辦一場超渡法會，校方原在考慮，這樣做擔心流於怪力亂神，但禁不起方老師的極力建議，加上五年級班導老師、李老師的附和，還有林榮昌、江盼盼的案例，據說，曾有校內老師也遇到過類似的情形。

為了以後學生、老師們的安全，校方終於允諾。

法會過後，亡者真的超渡了嗎？

不知道！不過，好像是沒有再發生恐怖事件了。

學校方面，為了以防萬一還是督導學生們，嚴格強制不准靠近校內的矮圍牆邊。

另外，校方特別在矮圍牆內部，擴建花圃，遍植許多花草、樹木，企圖遮掩、粉飾。

如果，您知道，也去過這間學校，建議您可以在校內右邊圍牆探險！也許，會有所收穫喔！

伍

鬼涼亭

今天，是個歡樂的好日子！因為今天是X大開學日，迎新會就訂在傍晚六點整。大禮堂早布置的美輪美奐，還有許多好吃的點心、甜品、飲料，飲料還包括酒類，不過都只是氣泡冰水，雖然是酒，但酒精含量都非常低，所以不會喝醉的！

余秀彥今天特別漂亮，她原本就長的端正，加上精心妝容，一襲淡紫色禮服，白皙的背部，毫無遮掩的裸露出來，不引人遐思也難喔！

她身邊的白馬王子——林泰宏有著俊俏外貌，一身黑色燕尾服，更襯托出他文質彬彬氣質，兩個人跨入大禮堂，立刻吸引了眾人眼光，真是一對金童玉女。

余秀彥和林泰宏是鄰居，家世相當，打從幼稚園開始到高中，不但同校、同班，兩個人還約定要就讀同間大學。所以，兩個人都是X大新生，只差不同科系而已。

迎新會主辦人，學生會會長——武允偉帥氣而高大，穿梭在眾人間，忙著回同學問題、打點現場、招呼新生忙得團團轉。

余秀彥眼角瞄到帥氣而高大的身軀，大跨步走過來……她私心裡以為他是衝自己而來，詎料走到面前，他是望著……

「林泰宏嗎？我跟你同寢室！」

「啊！原來，你是？」

林泰宏乍然想起，搬進男舍的當天就遇到他，跟他同寢室。

武允偉點頭，燦然一笑：「歡迎新生！」

這時，又有同學靠近有事找他，他朝余秀彥隨意頷首，道聲：玩得愉快，就跟那位同學走了。

「原來他是學生會會長，我現在才知道。」林泰宏說。

「那又怎樣？」余秀彥看著武允偉背影，說。

「嘿！註冊那天，就聽到許多同學在談論武允偉、武允偉人氣第一名！」林泰宏眉飛色舞地：「想不到，我居然跟他同寢室。」

余秀彥挑一下眉梢：「那是因為你排不到寢室好嗎？」

這也是林泰宏告訴她的。

「唉！不管啦！要不要喝飲料？我去拿。」

話罷，林泰宏大步走了，飲料放在角落，余秀彥看到他根本就是走向武允偉。

從鼻子冷哼一聲，余秀彥轉眸，對上了一個水汪汪大眼的女生，她看來有些年紀，不像是新生。

余秀彥正欲轉開眼，大眼女生突然衝她一笑、點頭。余秀彥只好也點頭，抿嘴淡笑。

女生忽然移步走過來，不知道是禮堂太小？還是女生步伐太快？好像她才走幾步路，不一會兒工夫就到余秀彥面前。

「同學妳好哇！我大三，叫洪桂琪，大家都叫我小琪。」

女生笑開，伸出手索握。余秀彥也伸手，相握之下，她微微吃驚，這手也太熱了！

余秀彥的感覺，像握到一根灼熱的棒棍。訝然之下，余秀彥連忙放開手。

「對了，同學哪個科系？姓名呢？」

「余，余秀彥。文學系。」

「文學系呀？唉……」

文學系怎麼了嗎？余秀彥想著，反問：

「學姊什麼科系？」

「國貿。」

「裡面好熱喔！」說著，洪桂琪舉手在自己臉上搧了搧。

「哦？」余秀彥看著禮堂牆上：「應該有開冷氣吧？」

「可能是人太多了。我想出去吹吹風，妳可以陪我走走？」

余秀彥感受不到『熱』，她轉眸尋覓林泰宏，發現他跟武允偉談的正興起。

「看！林泰宏也很忙，放心啦，一下子就回來。」

第五章 鬼涼亭

余秀彥俏臉不禁一紅，好在臉頰上的腮紅掩蓋住了，她跟著洪桂琪跨出禮堂。

果然，禮堂外面的空氣好多了，幾顆星星在夜空中眨呀眨的。

「好漂亮的夜空！」余秀彥不禁衝口而出。

洪桂琪看她一眼，忽地閃出一抹黯紅光芒，隨即笑道：

「就是，能考進我們X大，真的很幸運。」

「是呀。」

「跟我來。」

洪桂琪說著，領先往前走。

余秀彥轉頭看一眼熱鬧的大禮堂，想拒絕的話說不出口，只得跟上去。

走了好一大段，洪桂琪沒有停腳之意，余秀彥忍不住開口：

「學姊，妳要去哪裡？離大禮堂太遠了。」

洪桂琪倏地轉回頭，伸手指著前面：

「看到了嗎？R棟山腰上有座涼亭，那裏的景觀更棒！我保證妳看一眼，就會被迷住了。」

「真的？」她的話，引起余秀彥好奇，她低頭看一眼腕錶，七點整。

⚒

大禮堂裡，大家歡欣的吃喝、談話，互相認識，林泰宏和武允偉談話時，有幾位男生也加入話題。

一群花枝招展，外向又活潑的女生，飛向男生群，其中一位女生開口：

「唉唷，我說吶，帥氣的男生到哪去了?原來都聚在這裡。」

女生說著，先向男生介紹自己，再逐一介紹那群女生，就這樣兩大群男、女生聊了起來。

幾位男生自告奮勇，到角落端了幾杯飲料，還搞笑的耍特技，一隻手可以夾四杯飲料，分送大夥，這麼一來話題更多元化，也更熱鬧了。

有一位個性內向的新生，手中端著飲料站在角落。忽然，一位水汪汪大眼的女生，不知道什麼時候，站在她旁邊。

「嗨！妳怎不加入她們呢？」

「呃呀，我……」女生靦腆笑笑。

「別不好意思，大學嘛，就是社會的縮版，妳得大方一點喔。」說著，水汪汪大眼女生伸手索握，嘴裡則說：「我大三，國貿系，叫洪桂琪，大家都叫我小琪。」

「哦！我是鄭秋月，文學系。」

鄭秋月伸手握著，入手突然感到灼熱，連忙放開手。

洪桂琪皺緊眉頭，似低喃、又像不悅：「什麼？文學系？」

「怎麼說？文學系不好嗎？」

洪桂琪用力搖頭：「不，文學系很好呀！」

「文學系，有學姊認識的人嗎？」鄭秋月忍不住好奇的問。

洪桂琪突然猛睜水汪汪大眼，朝鄭秋月閃出黯紅光芒，應該是漂亮的雙睛，反讓鄭秋月心口一顫。

「叫我小琪。文學系呀，不怎樣，只是我對這個科系印象不好。」

「呃！是。小、小琪學姊。」鄭秋月低聲說，同時，有不舒坦的感覺。

洪桂琪伸手環著鄭秋月肩膀：

「我這個人就是這樣，有什麼說什麼，別放在心上！」

鄭秋月不習慣被人這樣攀著肩膀，她抬起手，不著痕跡的甩開小琪的手，小琪說：

「耶，跟我來，帶妳去個絕佳好地方。」

「哪裡？」

「R棟山腰上的涼亭。」

鄭秋月抬腳跟上去，不經意低眼，看到腕錶——七點整。

⚒

大禮堂相當長，另一頭一名男生走到角落，替自己倒杯飲料，旁邊突然伸出一隻白皙玉手，接著傳來嬌嫩聲響：

「我也要一杯，跟你一樣的。」

男生把手上的一杯飲料，遞給她，自己再倒一杯。

「謝謝你。好喝！」女生大方地伸出另一隻手索握：「大三，國貿系，洪桂琪，大家都叫我小琪。你呢？」

「翁俊銘，動力機械學系。我大一。」入手突然一陣灼熱，翁俊銘連忙放開手。

「呵呵，想也知道，新生嘛，當然是大一嘍！」

「嗯！」

「有女朋友嗎？」

翁俊銘搖頭，看一眼洪桂琪，剛好對上了她的眼睛。

洪桂琪水汪汪大眼盯望著翁俊銘，開口說：

「要不要出去透透氣？我知道R棟山腰上的「涼亭」風景絕佳，將來有了女朋友，你可以帶她去欣賞景觀喔。」

翁俊銘有些赫然，不敢跟她對上眼，一頷首，抬頭眼神飄到牆壁上的鐘，看到鐘面上——正是七點整。

⚒

林宏泰越過多位同學往前奔，終於追上了前面的余秀彥。他一手搭上余秀彥肩膀，氣喘吁吁地：

「秀彥，等我一下啦！」

余秀彥轉回頭瞪他一眼，在此同時林宏泰忽覺得手上傳來一陣灼熱感，連忙放開手，訝異的問：

「妳怎麼這麼燙，妳生病了？」

「哼！什麼時候這麼關心我了？」

「耶！我一直都很關心妳呀！」

余秀彥不理他，轉頭繼續向前走，林宏泰腳下加快，跟她併行往前，口吻焦急地：

「快告訴我，妳怎麼了？哪不舒服？」

畢竟是多年交情了，余秀彥住腳，愛理不理的表情：

「全身都不舒服，現在沒事了。再見！」話罷又要開步走。

林宏泰不顧周遭許多同學，忙抓住她手肘：

「快告訴我，妳到底怎麼了？發生什麼事了嗎？」

「我發生事情時，你在哪？而且已經幾天了。你只顧著搭訕什麼會長。」

「哪是啦！妳冤枉我了！」

看林宏泰氣急敗壞狀，余秀彥臉上一副不屑表情，等他下文。

「迎新會上，我到處找不到妳，一整夜都沒睡，第二天也沒有妳的消息，我每一分鐘就Call妳一次，妳手機都沒接，我還以為妳回家，打電話到妳家，又沒人接，我急得快瘋掉了……。」

余秀彥依然一副愛理不理樣，林宏泰急得額頭冒汗：

「不信的話，看看妳手機，還有，打電話回家問問妳媽。」

手機裡面確有上百通他的來電，這個余秀彥是知道，只是不想理他而已：

「你不是說，我家沒人接電話？」

「我……抱歉，昨天半夜我又打電話去妳家，妳媽接的，我才知道原來妳還在校內。」

余秀彥瞭然了，原來是這樣，怪不得今早接到她媽媽的電話，為了不讓老人家擔心，她只回報因為剛入學很忙，一切平安。

「所以一大早我去女舍等，總算找到妳了。快說，妳到底怎麼了？」

余秀彥斜瞪他一眼：「那我問你，你又在忙什麼？」

「咳！說起這個，我才想警告妳一聲。」

接著林宏泰告訴余秀彥，原來他找遍大禮堂內外都找不到她，有一位同學來找武允偉，說有一位同學倒在『長青亭』的山坡，武允偉找了幾位同學，包括林宏泰趕過去，很快把這位同學帶回大禮堂。這位同學說不出詳細情形，恍惚記得有學姊跟他說，校內R棟山腰上的「涼亭」風景絕佳，接著他跟上去，後來就迷迷糊糊了，也不曉得發生什麼事。

後來林宏泰才知道，這位同學跟他同科系，下課時林宏泰看他臉色不對勁，主動上前關心，才發現他——翁俊銘發燒，人不舒服。

林宏泰帶他去醫務室，還留下來照顧他。此外，他還抽空四處尋找余秀彥。

「我無意中聽到一些傳言，想警告妳，離『長青亭』遠一點。」

「『長青亭』？什麼傳言？」余秀彥鎖緊眉心，問。

「唉！這個不重要，我想知道妳這幾天到底怎麼了？」

余秀彥簡單說，迎新會上遇到一位學姊，聊了一陣子，被邀出去走走，後來不知道怎回事，次日醒過來時，發現自己躺在醫務室床上。

醫務人員說，一大早，校工伯伯送她來醫教室。

「啊？這太奇怪了，校工伯伯在哪發現妳？他怎麼說？」

余秀彥搖頭：「他什麼都沒說。反正我沒事就好了。」

⚒

晚上，八點多而已，鄭秋月揹著側包，往校內女舍走，這時間點，來往的同學稀稀疏疏。走到一半，幾乎都沒人了，只剩下鄭秋月獨自一個人，這時傳來悽慘的哭聲，時續時斷。

她腳下沒有停，眼神飄往左右、四下一圈，找不出聲音來源。於是，她繼續往前走，經過X電大樓外面時，嗚咽聲更響，好像就在頭頂上，她往上看……赫！頂樓有一道人影，她不能判斷聲音是否人影傳來，可是這麼晚了，這個人站在頂樓邊緣幹嘛？這樣很危險的呀！

因為有疑慮，鄭秋月一面想，一面看到人影好像是女生，人影虛晃了晃，頭往下望，暗濛中鄭秋月完全看不清人影的面貌、穿著。

一會兒，人影抬起手，似乎在拭淚。鄭秋月張著嘴，正想告誡頂樓上的人影。

人影突然往下跳！

——呀！啊！

鄭秋月聲音卡在喉嚨裡喊不出來，眼睜睜看著人影如殘枝敗葉，直直墜下來，剎那間，人影面朝下，整個摔在地上！

鄭秋月腦袋接收到「砰！」好大一聲響！

人影的身軀整個炸開來，炸開的力道促使身軀轉了個方向變成面往上——是個女生，她很胖，肚子更胖，炸開來之際，肚破腸流，紅、黃、白黏稠液水，一股腦噴瀉而出，紅的是血，包括臟器、黃的是亮晶晶的脂肪、白的是肚腸、綠的是血管……堅硬的地上，被噴得周遭好廣一大片各色血水，到處都是，還看得到心臟，依舊突、突、突的跳動著。

鄭秋月整個人都不像是自己的，正確地說，她已被嚇得魂飛魄散，只剩眼球還有微弱知覺。

在一大片血水中，有一團破裂了的白色肉袋子，袋子中還有蠢蠢欲動的物事。這團物事，有三、四幾節短小而蒼白的東西，還有個小小身軀，還有個小小臉，臉是扭曲著，臉上兩道緊閉住的眼瞼，因為疼痛而張開一條小縫，小縫中兩顆黑溜溜、發光的，眼瞳，對！眼瞳對上了鄭秋月雙睛！

四節蒼白、短小的，原來是小手臂、小短腿，小手還一曲、一伸的顫動不止。

鄭秋月下巴顫慄得無法自主，眼睛被另一旁吸引……

是那個胖女生，她側著頭，臉頰、頭都歪斜扭曲，瞪大的雙眼，兇猛盯視著鄭秋月！那雙死不瞑目的雙眼，似乎在述說她的不甘心、她的恨意。

「啊！呀！啊——」

鄭秋月撕心裂肺的慘嚎一長聲，整個人往後仰倒，但周遭卻也不見半個人，慘嚎的同時，她看到那一大團血水，泊泊流淌，迅速蔓延過來，眼看著就要向她流過來。她渾身顫慄著，手腳併用，爬著避開血水流淌方向，往另一邊爬去。

爬行了一大段，她試著站起來，無力的四肢，讓她勉強撐起一半，再度摔倒。這樣搞了三、四次之後，她終於站住，可是雙腿抖得厲害。

然後，她轉頭望向胖女生倒臥的方向，這時，倒臥的胖女生居然爬起來！渾身都殘敗、破裂，竟然還可以爬起來？

胖女生雙睛依然猛睜、瞪圓，身上垂掛滿搖幌的臟器、血水、巍巍顫顫一步、一歪的向鄭秋月而來……

第五章
鬼涼亭

余秀彥坐在書桌前，在收拾書本後，熄掉桌燈爬上上鋪準備睡了。

對面床鋪傳來問話：

「這麼早就要睡了？秀彥，妳的下鋪為什麼是空的？」

「對呀！」睡對面上鋪的女生，坐在自己書桌前看書，也問道：「如果沒人，我想搬到妳的下鋪，睡下鋪比較方便。」

「想換床位，為什麼不去找舍監？」對面下鋪的女生接口說。

「對齁！不過要先搞清楚，秀彥，妳下鋪真的沒人嗎？」上鋪的女生問。

余秀彥說道：

「我記得我下鋪是跟我同科系的女生，叫鄭秋月，開學迎新會那天她有來，不知什麼原因，好像一個禮拜沒來了。」

「是嗎？搞不好辦休學，嘿！明天一早，我立刻去找舍監。」

對面下鋪同學話說到一半，突然間，傳來一陣破空淒厲慘嚎：

「救命啊——」

這會兒還不到熄燈時間，許多同學也尚未回女舍，待在女舍內的，則紛紛打開門跑了出去，女舍監謝惠芬第一個衝出女舍。

看到披頭散髮的同學，舍監謝惠芬往她後面看，不慌不忙拉住她：

「同學！怎回事？遇到壞人？」

「我、我是鄭秋月……」

「慢慢說，別急。」謝惠芬又看一眼鄭秋月身後。

「剛剛、剛才……」鄭秋月指著身後，上氣不接下氣：「我……看、看到有人跳樓、跳樓自殺！」

「在哪！」謝惠芬大驚。

「X電大樓外，那、那個女生很胖，還向我追過來……」

謝惠芬皺起眉頭，因為思考，眼神略微停頓住。

「我跑到一半，涼、涼……」

「長青亭？」謝惠芬立刻接口，臉上浮起一抹怪異神色。

鄭秋月猛點頭，張口想說下去，謝惠芬環視一眼其他同學，向大家說：

「沒事了，大家都回宿舍去。」說著，謝惠芬拉住鄭秋月，走向宿舍接待室。

同學們都散去了，各自回房，唯獨余秀彥跟在謝惠芬、鄭秋月後也進去接待室。

謝惠芬眼睛犀利的看著余秀彥：「妳也回宿舍去啊！」

「她是我同寢室，同系的同學，我可以照顧她。」

「不必啦，這裡有我。」

余秀彥只好回房去。方才同寢室上下鋪的兩位女生，看到余秀彥進房，免不了跟她哈拉，這才知道鄭秋月原來是睡余秀彥下鋪的同學。

不到半個鐘頭，鄭秋月慢慢地走進寢室，余秀彥忙替她倒杯溫開水：

「大家都在這裡，妳不用怕，對了，妳用過晚餐了嗎？」

鄭秋月點頭，這時，另兩位女生湊上前，問她剛剛不是說看到有人跳樓嗎？有沒有趕快叫救護車？

鄭秋月搖頭。

「到底是怎回事？」余秀彥問。

鄭秋月放下茶杯，還喘著氣：「舍監說她會處理，還交代我不要說出去。」

大夥都傻眼了，果然沒再問下去，余秀彥忽然想起，說：

「對了，妳不是請假一週嗎？妳生病了？什麼病？說這個總可以吧？」

鄭秋月輕一點頭，這時，另外兩位女生也靠近來，豎起耳朵聽……

鄭秋月絮絮談起迎新會上的際遇，次日早晨，有同學發現她昏倒在『長青亭』上，就有好心的同學，送她去醫務室。她發高燒，此外全身都不見傷痕，醫務室人員簡單處裡後，通知她家人，她家人來帶她回去看醫生，打過針、吃了藥，燒還是不退，只好向學校請假一週。

聽完，余秀彥沈沈問道：

「妳遇到的學姐，叫……小琪？」

「耶?妳怎麼知道？」鄭秋月脫口道。

「我也遇到她。」

余秀彥說出她的情況，兩人一對照之下，發現不對，因為時間點不對，小琪不可能在七點時可以分身，同時分別跟她倆談話呀！

「那，遇到小琪妳後來怎樣了？」鄭秋月問。

「不清楚，我醒過來時，據醫務室人員說，一大早是校工伯伯送我來醫教室，他什麼都沒說。」余秀彥輕輕說：「我本來以為沒事就好了，現在聽妳這樣說，好像……有很多奇怪的地方。」

睡對面上鋪的女同學，這時說：

「以前我大一剛進校時，就聽說過，關於『長青亭』，有許多可怕的傳言。晚

第五章 鬼涼亭

歸的同學，常常看見亭子內有許多奇怪的鬼影子，因為機率很頻繁看到的人也很多，所以有人把『長青亭』，改稱『鬼涼亭』。」

鄭秋月聽了，臉色驀地唰白，眼尖的余秀彥忙問她怎了？

「我、我剛才由X電大樓，要跑到R棟時，經過山坡上的『長青亭』，看到有一堆人影，我大喊救命時，那些人都無動於衷。」

睡對面上鋪女同學慘白著臉，聲音都變了：

「沒錯！妳看到的，肯定是大家口中所說的……鬼影！」

另外睡對面下鋪的學姐，一直沒出聲，這時，逐一看過鄭秋月和余秀彥，問：

「兩位說，遇到的小琪是不是眼睛很大、很漂亮？她念國貿系？她本名是——洪桂琪？」

聽了的兩人，猛點頭。

學姊點點頭，說：

「那就沒錯了！」

「學姊，妳說她怎樣？」余秀彥忙問。

學姊告訴她們……原來，每一年的迎新會上，有些新生會遇到一位學姐洪桂琪，她總一再稱讚R棟山坡上的涼亭，還熱心邀新生們去欣賞景觀。

「結果，都發燒、生病？跟我、鄭秋月一樣。她……讓人匪夷所思。」余秀彥皺眉接口。

她腦海中思緒不停翻飛，就是想不出來，洪桂琪究竟是個怎樣的人？

學姊無言地看著余秀彥，鄭秋月忙問：

「怪了！小琪學姊怎麼分身？可以同時跟我、跟秀彥談話？」

「她大三時發高燒，病死在『長青亭』裡！」

此話一出，小小的宿舍內，頓陷入可怕的沉默氛圍裡。

不知道過了多久，鄭秋月抓緊胸口，說：

「難怪她主動跟我握手，手燙得讓我嚇一大跳！」

「對對，我也是這樣。」余秀彥點頭，轉問學姊：「小琪學姊發高燒生病，為什麼不去看醫生？」

「唔！這事說起來蠻複雜的，不是三言兩語就可以說完。」

「我覺得這說不通，既然『長青亭』裡有鬼，為什麼我剛剛也……」鄭秋月說到一半，猛然住口。

大夥望著她，等她下文。

「對不起，剛才舍監警告我，不准我說出來。」鄭秋月囁嚅的說。

睡對面上、下鋪的兩位學姊，同時「唉唷！」叫了一聲，互看一眼，睡下鋪的說：

「妳是乖寶寶嗎？我們現在說的話，她聽到了啊？還是，誰會告訴她？妳嗎？還是妳？或是妳？」

被她指著點名的，紛紛搖頭。

軟硬兼施，加上同學們好奇心之下，鄭秋月一五一時，詳詳細細說出在X電大樓，親眼目睹跳樓事件。

聽的三個人全都變臉，作聲不得。

就在這時，突然間窗口傳來「叩叩。」輕響。女生們尖叫一聲，嚇得抱在一起。

余秀彥膽子較大，她放開另個女生，走向窗口。睡對面下鋪的學姊慌忙拉住余秀彥，指著鄭秋月，聲音放得很低：

「千萬不要開，剛才她不是親眼目睹胖女生跳樓，還向她追過來？」

沒人敢應話，只聽她接口說：

「我猜……搞不好，她追到這裡來了。」

「吵——，喀、喀、喀。」

窗外颳起一陣風，樹葉發出窸窣聲響，連窗戶都搖晃起來。

原想開窗探視的余秀彥，輕挪步伐，另三個人不曉得她想幹嘛，全都摒息靜氣……

走近窗戶，余秀彥半蹲下身子，抖著手把窗戶關緊，大夥這才鬆了口氣。

「我猜，我們這麼多人，它應該不敢進來吧。」

不知道靜謐了多久，鄭秋月又開口：

「我很好奇。」

三個人聽了，六隻眼齊齊轉望向她，她接口說：

「有人跳樓，為什麼舍監不趕快叫救護車？」

睡對面下鋪的學姊接口：

「所以，我猜那個不是人！」

「這個，我更搞不懂了，既然『長青亭』內有很多鬼影，那跳樓的又是誰？」

「舍監一定知道，只是她不想說！」余秀彥接口說。

靜了好一會兒，有人提議早點睡，大家都默然同意，全都各自上床，蓋緊棉被。

⚒

次日，大家都沒睡好，一早起來，哈欠連連，余秀彥和鄭秋月則拿起書本，一起出去，她們上午有課。

第五章
鬼涼亭

將近中午，余秀彥和鄭秋月跨出教室時，林泰宏和翁俊銘等在半路上，打過招呼四個人便一起走。

原來，林泰宏向翁俊銘提起余秀彥的遭遇，翁俊銘想找她聊聊，順便問一些事。

經過「長青亭」，繼續往X電大樓走，在大樓底時，鄭秋月不禁抬頭往上瞄一眼。

大白天這裡一片白燦燦，加上同學們人來人往，根本不覺得有恐怖感，可是想起昨晚所遇，鄭秋月心中不免忐忑。

校園外一家咖啡屋的角落，四個人各點一份餐便談了起來。

余秀彥說罷，鄭秋月接著說出她請假一週，加上昨晚際遇，三個人一對照，迎新會上居然都是在準七點遇上小琪。

翁俊銘臉容變色，尤其獲知洪佳琪病死之事，他更驚訝了！

手上湯匙停在半空中，翁俊銘眨巴著眼，搖頭：

「握到小琪的手，灼熱的讓我吃驚，但是她的手很扎實，我不信她是鬼。」

看到陷入半沉思的翁俊銘，林泰宏問：

「事情都過去了，你想怎麼做？」

「怎麼做呀？」翁俊銘牽動嘴角紋路，深沉而緩慢的說：「保密！」

「你不要亂搞，它那種東西很可怕。」鄭秋月很有經驗似的告誡他。

「放心，仙人自有法子，到時候你們就知道了。」

⚒

不信邪的翁俊銘一心想求證，他多方打聽，整理著聽到的、遇到的所有事件的資料，終於歸納以下幾個重點：

確定了洪桂琪生病、發高燒，死於幾年前的「長青亭」內；此外，還有許多不該出現的鬼影，一再出現在涼亭中，因此他調查方向，轉向「長青亭」。

之後，他時常徘徊在涼亭附近、有時故意在半夜經過涼亭、或跟同學相約在涼亭見面，這些經歷當然只有他自己心知肚明。

接著，他轉向家人，因為他有一位遠房親戚在廟裡當乩童，據這位親戚乩童觀察過，告訴他，涼亭最外層斑剝亭柱，居然是陰陽交界處。

翁俊銘得到乩童指示，為了破解這陰陽交界口，他在亭柱上漆上特殊的漆，意圖封緊交界口。但亭柱上了漆，馬上會脫落、斑剝，看起來宛若猙獰的鬼臉，到底是什麼原因？不知道！接著在涼亭亭柱上貼符咒，立刻會颳起怪風，把符咒給吹掉。

翁俊銘更固執了，有一天，選在無風也無雨的夜裡，將塗了三秒膠的符咒給貼緊在亭柱上，他滿意地拍拍手，一轉身，赫然對上了一雙瞪大了的黯紅雙眼，雙腮還流下兩道血水……她正是跟他握過手的洪桂琪！洪桂琪裂開嘴，不知道是笑？還是哭？她一步步逼近前，伸出斑爛的鬼手索握。

翁俊銘鐵青著臉，一步步往後退。退到邊緣時，一個不小心從山坡滾了下去！固執使他終於見到鬼了，同時腳骨、腳筋受傷，讓他休息了近一個月。

一個月後再到學校時，他絕口不提『鬼涼亭』之事。

後來林泰宏找他，還有余秀彥、鄭秋月，一起去找校工伯伯，理由是余秀彥想當面向伯伯道謝，順便問一些事。

雖然，學校下過禁口令，可是在幾位同學又哄又繪聲繪影之下，居然從校工伯伯口中套出了許多祕密。

原來，多年前，校內有一位長相胖胖的女生，姓范，綽號是飯桶。

有一天，飯桶從X電大樓跳樓自殺，當場肚破腸流，連肚子裡的小寶寶也死了。

同系裡有同學知道她向來很仰慕學生會會長──武允浩！

武允浩正是現任學生會會長武允偉的哥哥，所以大家就傳言，說飯桶是被武允浩搞大肚子，而他不負責任，才跳樓自殺。

這件事當時很轟動，但因為對象已經亡故了，死無對證，武允浩百口莫辯。

武允浩的女朋友洪桂琪因此鬱鬱寡歡，又受不住同學們異樣的眼光後病倒了，不知道什麼原因，洪桂琪居然跑到「長青亭」企圖引火自焚。

有一說，是她被陰陽口的鬼魅，誘惑去自殺的，事實上怎樣？根本無法證實，傳言更紛亂、也更多了。

警方後來深入調查飯桶的事件才查出，原來飯桶自國中開始就受到繼父性侵，可是表面上繼父對她百般疼愛，還鼓勵她上大學。而范媽媽一直不知道女兒受到嚴重傷害，還槓上調查人員，雙方互告上法院。最後，警方把亡故的小寶寶抽驗、比對ＤＮＡ後真相才終於大白。可是，真相已喚不回亡者，據猜測，都說亡者不甘心，招喚魍魎鬼友，一再地出現在陰陽交界口。

事實上，或許是因為陰陽交界口，會引來眾多鬼魅，並引發了這些兇戾事件，到底怎回事？那，只能去陰間問了！

至於武允浩，爭回清白名譽後，黯然辦理轉學——那已經是多年前的事了。校方當然不願意這些醜事，一再被流傳，所以下了禁口令。

陸

靈異廢校

X元高中，早廢棄多年了，但到底什麼原因廢棄呢？校內，課桌椅、講台、黑板等等設施全都安在，只是因為太久無人使用，顯得腐朽、破敗，四處充滿了垃圾、灰塵、蜘蛛網……

杳無人跡的廢棄學校，看起來，就是寂寥、闃闇，不說它是鬼校也難。筆者獲悉這座廢校的一些傳說，連忙整裝出發，企圖尋找往昔的蛛絲馬跡。

當筆者遊走在學校周圍時，有一股極強的陰氣到處徘徊，細看之下這股陰氣，乃是由許多雜亂的氣息，聚攏而成。強大的這股陰氣，颳起旋風，帶起垃圾，時而徘徊、時而在校內飛繞、時而迴轉，往學校後方竄去。

末棟教室後面有一條蜿蜒小徑，沿著約三十度左右的山坡而上，顯然這棟教室是依山而建。

筆者跟著陰風，原想往末棟教室後方去，但走了幾步路，突然覺得頭暈不適，想想，還是打了退堂鼓。這麼荒涼、無人跡的廢棄學校，萬一發生什麼事，或遇到什麼……唉唷！那就糟透了！

回到熱鬧的市街，宛如是另一個世界，筆者找到一家小吃店，跟老闆聊起X元高中，說到一半，老闆指著角落，筆者回頭望去。

角落坐了位年輕人，正迅速低下頭去吃他的麵，剛剛，他好像在看我們這邊。

第六章
靈異廢校

經過老闆的介紹，原來這位年輕人姓丁名笠源。丁笠源目前就讀某大學，之前他就是X元高中生。

提起以前發生的事件，他是數名主角之一，雖然餘悸猶存，所幸他願意提供當年整起事件的始末。

那一年，丁笠源高一，剛進X元高中，班上清一色都是男生。

丁笠源座位前面是李志坤，一天下課時間，李志坤回過頭，神祕的低聲說：

「喂！有興趣探險嗎？」

丁笠源尚未回話，另一位坐他旁邊的同學——林曜春已接話：

「不要找他啦！」

「怎麼說？」李志坤斜瞪著林曜春。

「他看起來一副乖乖牌樣子，肯定沒膽。」

「亂講！」丁笠源轉向李志坤：「你說吧，什麼事這麼神祕？」

其實，這件事已經不算是神祕事件了，校內眾人皆知。學校後面是山，校方一再明令禁止同學們去後山，有不聽勸闖入後山者，要記一支大過。

有些同學很納悶，難免會詢問，不知道哪個好事者，就流出傳言，據說後山有一座公園，靈異事件頻傳。

到底是什麼靈異事件？沒人能說出個所以然，這讓同學們更好奇了，幾個膽子大的同學，竟然都躍躍欲試。

甚至有同學在午休時間，故意繞到校內末棟教室排徊、流連，但是，校方也看管得嚴格，只要一有同學靠近末棟後山，馬上有教官、值勤老師會出現，驅趕同學。

李志坤準備找一票人，闖入後山探個究竟。

不愧是乖乖牌，丁笠源一聽，遲疑的搖頭說：

「學校不是禁止去後山，大過一支。你不會不知道吧？」

「呵！」李志坤訕笑道：「那是指上課時間內，不准闖後山。放學後、放假日，老師不可能還守候在後山吧？」

李志坤指的是末棟教室，但末棟教室一整排，老師會守在哪間教室，就沒人知道了。

一旁的林曜春，摸摸李志坤的頭，接口說：

「笨的人才會亂闖，像聰明的我們呢，當然得挑時間嘍，喂！日期訂在什麼時候，也算我一個。」

第六章
靈異廢校

李志坤閃頭，甩開林曜春的手，卻對著丁笠源：

「沒問題！你呢？」

「呃……再說吧。反正日期還沒決定。」丁笠源保守的回他。

想不到，李志坤執意要冒險一趟。他招兵買馬，一下子就招了四位同學，日期也訂妥當了。

週休二日，他們選在週日，除了李志坤、林曜春，還有兩位魏明峰、蔡山岩，丁笠源剛好家裡有事，無法一起去。

四位同學約在一起用罷午餐，很容易就進入校園，一切如李志坤所料，老師全都休假，整間學校空蕩蕩，連隻貓、狗都不見。事實上，如果他們夠警覺，應該察覺到這時候的學校，空蕩得不尋常。

末棟教室有三層樓，經過時，走在第一個的李志坤，故意囂張的加重步伐，同時，轉頭掃一眼三樓整排的教室，揚聲道：

「嘿！來呀！來呀！來抓我們呀！」

說著，還舉高雙手，做出挑釁的動作。

其他兩位同學笑著應和，蔡山岩走在最後面，他只是笑笑，跟著也轉頭看著教室。

就在他轉回頭之際，眼角餘光，瞥到三樓的教室窗口，好像有一道人影。他馬上再又回頭望，想看仔細時，已失卻了人影，看到窗戶依稀映出了後面山丘的樣貌。

⚒

末棟教室後面不遠，是一道壕溝，相當寬，將近一公尺，壕溝兩邊，長滿芒草，時值秋季，芒草枯成淡褐色，隨風搖擺，好像在拒絕說：不！不要上去。

後山不高，只能稱為山丘，壕溝最右邊，有一片寬木板，四個同學踏上木板，越過圳溝，李志坤說：

「看這塊木板，好像有人走過，我懷疑早就有人上山過了。」

「有可能。」

「喂！或許山上有寶物呢。」

「尋到寶，見者有份，大家平分。」

山路徑蜿蜒而上，只容一個人的寬度，兩旁都是樹，隨風發出輕微的「吵吵」聲響。

這山丘雖說不高，但走起來還很有些難度，轉了幾個彎，赫然看到一堵山岩壁。

走在最前面的李志坤，忽然長長「呀——」了一聲。

走在最後面的蔡山岩吃一驚，以為他看到了什麼，連忙停腳。排在第三個的林曜春，也嚇一跳：

「幹嘛啦！見到美女？還是見鬼了？」

李志坤有意阻擋路徑，轉回身，面帶神祕地：

「都不是，猜猜看，猜中的有獎！」

山岩壁整個遮住了上面景觀，山岩壁盡處還得轉個彎，才能往上繼續走。

排在第二個的魏明峰，瞄眼山岩壁，探一下頭，可惜完全看不到，他一把推開李志坤奔上山岩壁盡頭，同時發出更響的長「呀——」聲。

就在這時，颳起一陣大風，上面傳來鐵鍊相碰撞的輕響。接著，還有朽木發出「咿——歪」幾乎有兩、三種奇怪的聲音，同時傳過來。

林曜春和蔡山岩不約而同轉身，準備落跑。

李志坤和魏明峰同時哈哈大笑，落跑的林曜春和蔡山岩兩人停腳，轉回身，死瞪住大笑的兩個人。

四個人就這樣僵持了好一會兒，林曜春很不悅的說：

「你在戲弄我們？山岩，我們下山回去了。」

李志坤收起笑，向林曜春、蔡山岩伸出手掌，翹起食指，勾了勾：

「好啦！還不快點上來，保證有你們喜歡的東西。」

兩人聽了，馬上加快腳步，衝向山岩壁盡頭，同時揣測：難道真的有寶？

山岩壁盡頭轉個彎，上面一大片平整的山石地，赫然是座公園。

公園相當老舊又殘破，但卻很普通，只是一般小朋友的玩樂設施。

四個高中生，居然玩起溜滑梯、搖搖馬、吊單槓、盪鞦韆、兼談天。

「唉唷，這什麼嘛！難道不准我們玩這些嗎？不然，校方幹嘛阻止我們上山啦？」

「哪天，帶我馬子來這裡取樂。耶，尤其是晚上，秋風霎霎吹，馬子會害怕，沒關係，有哥哥陪妳……」蔡山岩盪著鞦韆，一面自我陶醉的。

「白目呀！還做白日夢？」說著，李志坤巴一下蔡山岩的頭。

大夥正嘻嘻哈哈之際，林曜春忽然發出「噓——」聲。

另外三個人同時禁語，側耳傾聽。好一會兒，傳來一聲悠長而緩慢的嘆息聲。

四個人進入備戰狀態，八隻眼睛尋覓周遭，這時，颳起一陣風，傳出樹葉、野草的窸窣輕響。

原來是風聲，大夥鬆了口氣，忽然，李志坤抬手指向角落一株老榕樹，大夥跟著望過去。

老榕樹樹根盤錯糾結，沒看到人，卻有一條腿跨在一根粗樹根上，腿上的褲子髒到發黃、邋遢，上下褲管起碼破了幾十個洞，從洞口可以看到裡面是……白慘慘的枯骨。

愣了一會兒，四個人棄置玩樂設施，「轟！」地爭先恐後往山下奔跑，跑在最後面的，幾乎心膽俱裂。

⚒

搖呀搖，搖到外婆家，外婆說我……

李志坤坐在搖搖馬上面搖晃著時，欣然地嘻笑著，口中一面唱念著童謠。

他一再重複唱了幾次後，自己一個人玩，覺得很無趣，他記得還有好幾位同伴，怎麼這會都不見了？

離開搖搖馬，他轉頭四下張望，唉唷，周遭怎回事？黑烏烏一大片，好像壟罩在一層暗霧中，這個很不對喔！

記得跟幾位同伴，走過山路、繞過山岩壁，不經意出現了一座公園，大家談談笑笑，就開始玩起來。這會兒，他們人呢？玩躲貓貓嗎？可是，這層暗霧也太討厭了，他走著、走著，怎麼走都還在暗霧中，是怎回事？

公園角落，有一株老榕樹，樹根盤錯糾結，有一條腿跨在一根粗樹根上，腿上的褲子髒到發黃、邋遢，上下褲管起碼破了幾十個洞，他心想：是哪個同伴，故意躲在樹後嚇人，哼！看我的！

他蹲下，拾起一根粗枯枝，悄悄上前，就在他準備戳那條腿，突然間腿縮回去，就在李志坤一愣之際，榕樹後冒出一張臉，鬍鬚頭髮糾結得看不清面孔，只知道是個又老、又猙獰的面容。

李志坤嚇一跳，大聲喊救命，轉身就跑。

跑了一陣子，太累了，他喘著氣，步伐慢下來，發現自己遊走在一條步道上，順著步道，繼續往上，呃？遇到岔路！

該往哪走呢？他正猶豫間，遠遠的另一端有一位學生，也是穿著學校制服，李志坤心中一喜，總算遇到同伴了！

倏忽間，學生已走近來，李志坤正想看清楚他，卻發現他沒有臉，脖子上是個圓形的白，李志坤腦中告誡自己：這個不是人，快逃！

人形白臉的學生，伸手要抓李志坤，　在此同時，耳際突然轟轟咋響：

——不要怕啦！是遊民，死了的遊民！

被緊緊抓住搖晃著，加上恐怖的聲響，李志坤在驚懼中醒過來。可是，身體依然被搖晃著，李志坤發出慘嚎叫聲，並且腳踢手甩，奮力要甩掉那雙手。詎料這雙手反而抓得更緊了。

「阿坤！阿坤！你醒醒，阿坤！是媽媽啦！阿坤！」

睜開眼，李志坤眼前浮現李媽媽的臉，他終於停止手腳動作。

「快遲到了，還不起床？鬼叫什麼。」

李志坤渾身冒冷汗，但卻覺得渾身像火在燒，臉孔也紅通通的，李媽媽摸一下他的額頭，呼叫起來：

「唉唷！好燙！你發燒的很嚴重哩！」

李志坤閃開李媽媽的手，自顧下床，卻差一點跌倒，還嚷著說頭很痛。

「你昨晚回來，臉色就很不對勁了，昨天去哪裡了？」

「就……跟同學一起呀。」

「不行，我看，今天跟學校請假，去看醫生。」

「可是……」

很不想請假，但整顆頭一直暈眩，耳際也不斷聽到喃喃低語，這些由不得他了。

原本以為沒什麼關係，卻一連休息了三天。第四天週四，總算退燒了。李志坤一到學校，另三位同學全圍過來，告訴李志坤，他們週日那天的行蹤，居然被學校知道了。訓導主任把他、蔡山岩、魏明峰叫去訓導處，足足被罵了一個鐘頭，說這一次放過他們，下不為例。

「怎……會這樣？」

「耶！你週一請假沒來，」蔡山岩接口說：「我們懷疑是你告密，不敢來學校。」

魏明峰瞪住李志坤，滿臉不爽樣。

「開玩笑！我哪可能做這種事？我發燒四十度，頭暈不說，還噩夢連連！」

林曜春這才發現他臉色蠟白，接著四個人議論著，始終猜不出到底校方如何知道他們闖入後山！

蔡山岩徐徐說出，眼角餘光曾瞥到三樓的教室窗口，好像有一道人影，一閃即消失了。

「難道是……丁笠源？」李志坤說著，眼光飄向坐後座的丁笠源。

⚒

去後山的事，除了他們四個人之外，只有丁笠源知道，所以他嫌疑最大。

四個人找丁笠源問話，丁笠源矢口否認，這是意料中的事，李志坤遂說道：

「給你一次機會，讓你證明清白。」

丁笠源逐一看著四個人，反問：「怎麼證明？」

李志坤指著其他三人，說：

「訓導主任叫他們去訓話，不能再找他們，所以這個週末，你和我走一趟後山！」

丁笠源當下臉都變色了，林曜春冷冷瞪視著他：

「看吧，因為你告密，所以不敢去後山……」

丁笠源望著他，轉向李志坤，當下點頭，截口說：

「我去！問題是，去後山要幹嘛？」

「證明你的清白。第二，證明你是真男人，不是孬種，第三嘛，我夢見了……」說著，李志坤詳細道出夢中所見，還有那天榕樹下看到的，到底是不是人腿？

不只是丁笠源，另外三個人也驚愕不已。

一半被逼，一半想證明清白，丁笠源只好答應了。另外三個人摩拳擦掌，躍躍欲試，畢竟探險是一件很刺激的事。

「不行，訓導主任已告誡過你三個，再去被發現了，恐怕連我都有事。」李志坤得意的發號施令。

據丁笠源所述，那時候他就感到李志坤有些不對勁了。

週末，李志坤和丁笠源在下午時分，一塊往後山去。

李志坤駕輕就熟，跟丁笠源很快就到了公園，李志坤直接到角落的老榕樹，尋找了一回，發現根本沒有什麼人腿，分明是把榕樹樹根錯看成人腿。

「哈哈，這下糗大了，我就知道看錯了！」李志坤轉向丁笠源：「看吧，沒有再走一趟，永遠都不知道真相！」

丁笠源臉色很嚴肅，始終不發一語，心想：知道真相又怎樣？

李志坤，沿公園繞一圈，在周遭的濃密樹叢內，鑽進鑽出。

「你在找什麼？知道真相，可以回去了吧？」

李志坤也不搭理他，繼續瞎忙，最後，走到角落的老榕樹，他鑽進茂密的榕樹鬚根，突然間大叫一聲，狂笑起來！

丁笠源以為李志坤出了什麼意外？他心驚膽顫，往後退了幾步，準備不對勁時，馬上要落跑。

李志坤鑽出來，丁笠源發現他臉色灰黯，額頭爆出青筋，跑向他，一把抓住他的臂膀：

「快！快點來，真的被我發現了，大發現！快來看。」

丁笠源想甩掉他的拉扯，但想不到，他力量超乎尋常的大，終至被拉向角落，鑽入老榕樹鬚根裡。

原來老榕樹後，一條步道蜿蜒而上，正是李志坤夢中所見的那一條步道！

丁笠源鬆了口氣，可是不曉得怎回事，總覺得心口蹦跳間，浮起一股不祥預兆。

他一再求李志坤快下山去，但李志坤宛然換了個人似，不！正確說，他是被一股無形力量牽引著，無法自拔的奮力往前衝。

步道繼續往上，果然是一個岔路！李智坤手舞足蹈，揚聲說：

「沒錯！跟我夢境一模一樣，吶！我還夢見再上面一點，會遇到一位同學。」

⚒

這、這個不好吧？遇到一位同學，可能嗎？丁笠源很有戒心的這樣想著，反手拉住李志坤，想把他反拽回來，趕快下山回去。

李志坤揮掉丁笠源的手，指著前面：

「你看！你快點看！前面不是站了個同學嗎？」

丁笠源往前溜一眼，什麼都沒看到，偶而颳了幾陣秋風，渺渺間傳來屬於山林、樹葉，還有冷寂得不尋常的氣息。

李志坤往上衝，衝不到幾步，突然整個人向前摔倒、趴下來。丁笠源猛吞幾口口水，遲疑一下，不得不上前，拉他起來。

被拉起來的李志坤，看一眼丁笠源，又轉望前方，說：

「咦？怎麼不見了？」

「你說什麼？」

「剛剛呀？就有一位同學站在前面不遠處呀，我夢裡看不清楚他的臉，現在可好了，人都不見了，是怎回事？」

「亂講，根本就沒有人？拜託，我要回去了。」

話罷，丁笠源想轉身之際，忽然一片落葉，飄搖的往下掉，他兩個人、四隻眼，不經意隨著落葉，往下看，赫然發現葉落處有一張小卡，因風而浮動。

看清楚了，小卡原來是一張學生證，小卡旁邊不遠處有一支手機。

李志坤立刻蹲下去撿起來，丁笠源皺緊雙眉，他只感到不尋常，卻沒想其他許多。

丁笠源不悅的說：

「你撿它幹嘛啦？」

「證明呀！這個你都不懂嗎？」李志坤我行我素的端詳著學生證：「嘿！看，是我們校內的學生哩。呵呵，收穫不小哩！可以向他三個人炫耀一番。」

「好了啦，可以下山了吧？好不好？」

李志坤看一眼丁笠源，露出詭異要笑不笑的表情：

「你到底在怕什麼？」

丁笠源發現，李志坤眼神很邪異，但是聽他說話似乎又很正常，只是這裡太安靜了，安靜得讓人有孤寂之駭。

丁笠源很不悅的說：

「都跟你到這裡來了，可以證明我沒有向導師告狀吧？」

李志坤撇撇嘴，把玩著手機，口中依然喃喃的說：

「你怕些什麼呢？」

「誰怕什麼？我跟我媽約好四點以前必須回去。」

「回……回去嗎？回去……哪裡？」

喃喃低語著，李志坤猛地抬起頭搖晃起來。

丁笠源看到他鐵青的臉上，有那麼百分之一秒，出現的不是李志坤的臉，而是一張盤結著鬍鬚、亂髮，又老、又猙獰的面容。

緊接著，猙獰老臉一閃而沒！

丁笠源猛吃一驚，被嚇得身軀一顫，幾乎站不穩，他大聲喊著，藉以壯膽：

「我已經證明我的清白，你再不走，我不管你了。」

說完，丁笠源鐵心銅肺的轉身，大跨步往山下而去。

後面的李志坤怎樣了？他無法管，他可以感覺到，再不走，可能會發生不好的事，但是，什麼事？他不知道。

他只記得，原來的大跨步，變成慢跑、繼而是快跑、接著是氣喘吁吁的跑下山。

有一陣子，丁笠源很自責，認為是自己害死了同學，如果當初他能稍等等、或是拉住他一起下山，也許情況又不一樣了。

直到後來，整個狀況無法控制了。他才想，憑他一己之力，恐怕也無法改變什麼，想是這樣想，只是他一直不肯說出內幕。

⚒

丁笠源的家教很嚴，在爸媽的追問下，丁笠源不敢說謊，一五一十說出今天跟同學的去向，以及原因。

爸媽聽完，若入沉思中，丁笠源見狀，想說：完蛋了！

果不其然，丁爸慎重地告訴他，以後，絕對不准再到他學校的後山。

囁嚅半天，丁笠源小聲問：為什麼？

丁爸和丁媽交換了個眼神，互相一頷首，決定說出來。

原來，X元高中學校的後山，是出了名的鬼山，只要是當地人都知道，整座後山都是墳墓，之前有許多遊民無處可去，就棲息在後山，結果一個個暴斃，沒有家屬的遊民，由政府機關負責收拾殘屍，確切原因沒有公布，充當新聞填空的小則地方新聞只報出遊民心肌梗塞、寒冷而亡等等。

丁笠源聽了，回想起下午在山上時，曾看到李志坤臉上瞬間的變化，他心裡有數了，丁爸、媽問他怎了？他沒敢說出來，卻反問爸媽，如果遇到鬼祟事件，該怎辦？

丁爸、媽當天晚上，立即帶丁笠源去廟裡拜拜、求了護身符讓他戴在脖子上，還交代他，許多事情不是人力可以為之，盡量不要去招惹它們。

也許是這樣，丁笠源才得以逃過一劫。

次日，到學校，丁笠源看到以李志坤為首，林曜春、蔡山岩、魏明峰四個人聚在一起，竊竊私語，還把玩著撿來的手機。

他不敢參與，只是那時候李志坤看來很正常，後來陸陸續續聽到同學們傳出的內容……原來，李志坤認識一位高三方學長，據方學長所敘，那張學生證是前幾屆校內的一位同學，這位同學早在幾年前忽然失蹤，一陣子後，同學屍體在後山被人發現了。

李志坤得意的現出手機，向他幾位同去後山探險的麻吉說：

「所以，這個東西算是無主之物，屬於撿拾者所有。」

「拜託！都幾年代的老破東西，沒有用了啦！」魏明峰說。

「讓我試試看有沒有用，好嗎？」

說著，李志坤打開手機，隨便按了按，手機面板居然亮了，上面赫然出現失蹤那位同學的照片。

這些都很正常，不管誰的手機，當然放自己的照片優先，接著李志坤試撥打魏明峰的手機，赫！手機居然響了。

大夥相當意外，面面相覷，魏明峰不敢接。李志坤舉高手機，譏笑他：

「接呀！接呀！試試看，老破東西，有沒有用。」

年輕人就是這樣，經不起激，魏明峰猶豫間，旁邊的林曜春一把搶下他的手機，就在這時，手機先傳出「沙沙」聲音，接著傳來發抖而不清晰的「喂。」一聲。

四個人當場臉色煞白，愕然互望，接著，用眼睛巡視著，發現兩邊手機都沒按開接聽鈕，為何會有聲音？

大夥湊近前，發現魏明峰的手機，出現了一列陌生的號碼，李志坤認得出來，這號碼正是亡故者同學的手機號碼！

蔡山岩定了定心，接過魏明峰的手機，放在耳朵，手機傳來一串話語，雖然不很清晰，但卻可以聽得出內容：

「我很……痛……痛苦，誰來……救我。是它，那、那個遊民……壓、壓……壓住我，我……」

蔡山岩臉色霎那間變死白，連忙將手機遞丟還給林曜春，林曜春整個人縮退，蔡山岩又把它轉遞給魏明峰，魏明峰臉現驚恐色，轉向李志坤，喊道：

「媽的！趕快按掉啦！」

回過神來的李志坤，很快按掉手機，大家這才鬆了口氣，但也已經汗流浹背了。

⚒

另日，一大早到校，同學們聚在一塊，討論說，睡到半夜，手機響了，先以為是同學撥打的，但接下來竟然是求救聲音，有的還聽到慘烈鬼哭、慘嚎聲，結果一問起來，幾乎大家都接到了電話。

「但是，我已經把手機丟掉了，我沒有打給你們呀！」李志坤信誓旦旦的說。

原來，同學們的手機都有連線，既然魏明峰有亡者手機號碼，連續的，李志坤、林曜春、蔡山岩都相繼出現亡者打來的電話，整件事愈擴愈廣，甚至擴展到全班、全年級，還有，高一有認識高二的同學，居然也接到亡者手機。

就這樣，整個學校都驚動起來，林曜春等人一再被叫去訓導處查問，還牽引出李志坤、他只好把整件事向訓導主任報告。

校方看事情鬧大了，便請廟祝、道士，在假日裡，舉辦幾場超渡大法會，可是，結果都沒有用。

教務、訓導、老師們更是惶惶不安。據幾位老師說，無論上課、下課，整班同學臉色慘白、眼神陰邪、舉動怪異。後來，更持續擴展到全校，甚至也有老師被感染得神經不正常。

校方由始至終極力掩飾，經過調查，有幾位特異的同學，例如像丁笠源、或是家裡有拜佛、念佛、或有信仰者，好像都沒事。

但是，這幾位沒事的同學，因為家長強烈的建議，暫時請假，不准孩子到校上課。當初，事件鬧得很大，甚至連教育局也派人來查訪。

後來，整個事件無法平定下來，校方幾經開會、討論、決議，最後，決定忍痛棄校。

「那時候，學校依同學們意願，幫同學們辦理休學、轉學，發出證明書等等……」丁笠源臉色黯淡的說。

「等一下，」筆者忙接口問丁笠源：「轉校也還好，為什麼要休學？還要發什麼證明？」

「這個，你就不知道了，轉學、休學、死亡都要開證明單呀。很多同學被鬼嚇的發瘋了，也有患了精神病，有些變得不認識家人，必須長期住院……這些都必須開證明單。我那時候，不敢到學校，我爸媽幫我直接轉校，可是別校說，必須要原來學校發證明單。」

筆者點點頭，長嘆一聲：「好在你躲過一劫。」

「是大劫難，後來我轉校時，每天去學校都還是戰戰兢兢。」

「恭喜你終於畢業了。」

收起紙、筆，筆者辭別了丁笠源，仰望著晴朗藍天，覺得人能平平安安的活著，真是太幸福了！

見鬼之校園鬼話4

柒

寧靜湖鬼魅

「寧靜湖不寧靜。」

「為什麼?」

「噫?你不知道嗎?很多人都這樣說。」

「不知道。說什麼?沒聽過。」

「許多人都看到過,」說話聲音變得低沉,帶著恐怖語音:「看到一個沒有下半身,穿白上衣的身影,在『遊湖』。」

「呵……哈哈,那很拉風呀,遊湖?多愜意。」

「不!不是這樣,我得說清楚,有很多人到湖邊散步,結果看到湖中央,有一抹白色身影在『遊湖』。」

「嗯哼,你說的夠清楚了。」

「所以,你現在還要去寧靜湖?」

「不是現在。我常常去寧靜湖,那裏的空氣好,景致棒。不管看書、休憩、發呆,都是個理想地方。」

「不要啦!我勸你還是少去為妙。」

「看你怕成那樣,我問你,你也看到過嗎?」

「我……不!不,不要說,總之我勸你還是不要去的好。」

第七章
寧靜湖鬼魅

想起跟同寢室的游文宗這段話，加上他細小眼睛、大蒜鼻、因害怕而扭歪著的嘴巴，潘富凱無聲地笑開了。

很想問游文宗，這些話到底是他編的？還是聽誰說的？編的也太爛了，說的也太幼稚了。

此刻，下午三點多，潘富凱坐在一株楊柳樹下，一抹夕陽掛在湖上方，映的湖面旖旎風光，說有多美就有多美，他都看呆了，居然忘記看手邊捧著的書。

這事，不只游文宗，潘富凱還聽過其他人也說過，主題「遊湖」都是如出一轍，只是版本不太一樣，每次他聽了總是一笑置之，不然就是嗤之以鼻。

他來過寧靜湖許多次了，始終不曾遇到「遊湖」現象，所以也就愈不相信同學的勸告嘍！

思緒轉到這裡，他收回眼，低頭看自己的書。

說起來，潘富凱身軀高挑、長相英挺、俊俏，又喜歡讀書，成績也不錯，許多女生對他很有好感，都會藉各種理由接近他。

他很清楚自己的狀況，對這些女生向來不經意，也沒有特別好印象的，所以他一概淡然以待。

女生們給了他一個封號：「自戀王子」，一半是因為他都不鳥女生，另一半是因為有人看到他常在「寧靜湖」邊看書、流連，就有人說，他是藉著湖水欣賞自己優異的外表。甚至還有人說，他有斷袖之癖。

聽到這些話，他都冷然一笑，說：

「因為他們得不到，所以喜歡傷害。不必理會。」

可能因此，潘富凱更喜歡孤獨了。

「嘎嘎。」

幾隻烏鴉低空掠過湖面，鑽入對面的樹叢，潘富凱沒注意到，這就是表示天色已晚了。

他今天心情不錯，放下書，脫掉布鞋、襪子，換坐到湖邊一塊石頭，把腳泡進湖裡。哇！一陣沁涼感由腳底傳上來，覺得更舒服了！

湖面泛起一股漣漪，潘富凱看到自己英挺的臉，隨著扭曲、浮盪。忽然，眼角掃到不遠處有一抹白白的物事，他轉眼望去。

但沒有看到什麼，他轉回眼，嗯！左前方有一塊白白物事，他凝眼望，好像……呃！不，什麼都沒有，只有晃動不安的湖波。

⚒

一定是受到同學們的影響，讓他產生誤視、誤判！

潘富凱嘴角揚起一絲笑紋，撿起一顆小石頭，拋向湖面。

夕陽整個沒入湖對面的高樓屋宇下，湖面立刻變得陰黯，本不想離開，可是肚子不爭氣的咕嚕響起，他只好把腳縮回，甩了甩，把襪子套上、穿妥布鞋。

「這時候不會有課吧？」身後冒出個女聲。

「當然沒課！」

順口答話，潘富凱突然「咦！」了一聲，心想：什麼時候站了個女生？

繼而一回想——大概又是某個仰慕者，看到他單獨坐在湖邊過來搭訕，也沒什麼嘛。

潘富凱轉身面向柳樹，發現放在樹下的書不見了！

柳樹旁，大咧咧的坐了個女生，妹妹髮型下，白淨臉孔，配上丹鳳眼，雖然不漂亮，卻有一股清秀氣質。

潘富凱愣了一下，微微一點頭，雙眼巡視著周遭。

「找這個嗎？」

女生舉起手，手中正是他的書，他伸手欲接，女生縮回手把書放在雙腿上，這樣一來，潘富凱很難伸手去取書了。

「鬼湖傳說把你嚇跑了？」

女生看到潘富凱搖頭，她又接口說：

「不然，怎麼一看到我就想走了？」

都不是。心裡這樣想著，潘富凱卻不知該怎麼回。

「既然都不是，那就多待一會，反正這時間又沒課。」

潘富凱微訝，心中想法竟然被她猜中？

頓了頓，女生垂下眼瞼，接口：

「啊！也許怕我，是鬼魅。」

冷哼一聲，潘富凱大方落坐到柳樹另一邊，開口道：

「這世界沒有鬼！書可以還我吧？」

「資訊系，三年級，潘富凱。」女生翻開書看著，輕聲唸道：「王涼月，大眾傳播系一年級。」

「我，我又沒問妳，妳不必……」

「為了釋疑，我知道你心裡害怕，怕這漆黑的湖面，突然冒出水鬼……」

「不要胡亂猜測別人，怕的話我就不敢來了。」潘富凱微怒道。

「嗯！」王涼月點頭：「說的也是，我常看到你來鬼湖。」

第七章
寧靜湖鬼魅

「什麼鬼湖，是『寧靜湖』，這名字好聽，景觀好，氣氛好。」

再也想不出什麼形容辭，潘富凱轉頭看王涼月，意外發現她丹鳳眼裡，貯滿水盈盈，映著湖面一閃、一閃的。

「我說錯了？」

王涼月輕搖頭：

「我不信你的話。向來長相太帥的男生，可以大分為兩類：一，自負型，自視甚高。二、濫情型。靠著長相，到處留情、到處騙情。」

「哈！哈哈……錯了！我不屬於以上這兩類人。」

「聽起來，你自認長得很帥吧？」

潘富凱一時語塞。

「算了，儘談些廢話。帥，怎樣？醜，又怎樣？都是一副臭皮囊。」

「啊！呵！我知道了，妳被男生甩過。」

王涼月突兀地轉頭，髮尾僨張，目眥盡裂，死死瞪住潘富凱，那樣貌簡直就是猙獰鬼魅了。

潘富凱被嚇到了，想不到一句玩笑話會惹來麻煩，連忙道歉、再道歉，壯膽拿起她腿上的書，想一溜了之。

怪的是，潘富凱明明看到書，伸出的手卻總抓不到書，好像書會移動？或是自己眼花了？

「你膽子也太小了。」王涼月臉顏一斂，露出笑容：「我接受你道歉。」

潘富凱點頭後書終於入手了，他又繼續道歉，真想離開這裡。

「要不要聽故事啊？」王涼月問道。

「我……」沒有課，總得回去讀書吧？他這樣想著。

「急什麼？怕我吃掉你？呵呵呵」

她都這樣說了，潘富凱反倒不好堅持己見。

接著，王涼月絮絮說故事，她的聲音像有股魔力，讓人不得不聽。

⚒

甲和乙，因為家庭因素，兩個人從小生活在一起，長大後一塊上學，直到大學才因為不同校而分開。

但那只是有課的時候，沒有課時，甲和乙還是湊在一塊生活。

直到有一天，乙發現甲的手機面板，放了張女孩的照片。

乙逼問下，甲才坦承女生——陳綉玉是他同系同學。

「你喜歡她？」乙冷冷地瞪住甲。

甲當場承認，他臉上的帥勁表情，讓乙心碎又痛苦。之後，乙想跟甲保持距離，就搬到外面租屋，但是她每天都痛苦不堪，常常以刀子自殘。

最後，因無法忍受失去摯愛的深痛，乙割破手腕上的動脈，想把血放乾、自殺，哪知道甲剛好來找她，救了她。

乙再次問甲，有沒有喜歡過自己，頓頓，甲點頭說：「有。」

但是，乙發現甲仍然跟陳綉玉形影不離。傷心得無法自拔之下，乙在租屋處上吊，偏巧，甲又來把她救下來。

乙再次問甲，可以跟陳綉玉分手嗎？甲當場允諾：「可以。」

盯望住從小就愛上甲的俊挺臉龐，乙再度相信甲的話。想不到，甲又騙了乙，甲瞞著乙，仍然繼續跟陳綉玉見面、甚至出遊。

在一個淒風苦雨的夜晚，乙坐在校內「寧靜湖」邊，思前想後，像甲那麼俊俏、優秀的人，免不了會有許多追求者，只是呀，甲不該一而再、再而三的欺騙人。

想到這裡，乙一顆熱切的心像手腕上割痕累累的傷口，疼痛得碎成片片、恨不得死了算了。

思慮走到這裡，乙起身筆直走入「寧靜湖」，走到一半，淒冷、寒顫讓乙突然後悔，不想這樣死掉，復仇之念猛然竄入她的腦海中。打定主意，乙馬上往後退，想退回湖岸。

忽然腳踝被一圈東西纏綑住，而且迅速往上攀升。乙手掰、腳踢就是無法脫困，還被拖往湖裡深處，等湖水淹到鼻孔時，乙才發現這圈東西是頭髮，循著堅韌髮絲，乙看到一隻水中鬼魅張牙舞抓的撲過來，緊緊拉住自己，乙終於如願，永遠脫離痛苦的深淵了！

⚒

「怎樣？好聽又真實的故事吧？」王涼月笑著問。

「嗯！老套，逃不開愛情情節。」

「我想問你，信不信這個故事的真實性？」

「什麼真實不真實？故事就是故事嘛。至於我……」潘富凱搖頭。

王涼月牽動著雙頰臉紋，不知是笑？還是哭？

「不信？我因為這個故事，才不相信長相太帥的男生！」

「哈！這個太牽強了。」潘富凱笑歪了：「小朋友才會相信的故事情節。」

「所以，你不信就對了？」

潘富凱用力點頭，俊臉露出輕侮笑容：

「妳想唬弄誰？那個乙都死了，妳哪可能知道這麼清楚？」

看著潘富凱連笑起來都那麼好看，王涼月把手伸到他面前，現出手腕上的累累割傷傷痕，緊接著頭一甩，整顆頭髮被甩開。

髮水噴到潘富凱臉上，潘富凱的手指擦著臉上水，低頭一看，這水又髒又臭，居然含有湖底的爛泥巴。

驚愕得忘記了一切，潘富凱轉眼看到她的手腕，切割處乍然皮開肉綻；再轉望她臉頰、身上衣物，瞬間，臉龐變成腐朽爛肉、眼窩黑洞洞、破敗的身上衣物，殘破洞中，可看到枯骨、往下流倘的黃色臭膿湯、綠色血管、腥紅臭血味……

接著，王涼月枯骨手上，不知何時多出一把金光閃閃的刀子，她舉起刀子，猛力刺戳自己的臉，接著往自己身上砍，砍到胸前，潘富凱立刻胸痛難耐；她砍到腹部，潘富凱立刻腹痛如絞；她砍到大腿，潘富凱的腿，立刻劇痛不已。

潘富凱痛的在湖岸草地上翻滾、哀號，在昏倒之前，他耳中依稀傳來狂妄浪笑的鬼魅恐怖聲：

——知道了吧？太帥的人都該死！不能不信啦！我就是當事者，那個跳湖殉情的「乙」，哈哈哈……

※

清晨，潘富凱被人發現昏倒在「寧靜湖」湖岸邊，被人送到醫務室。

休養了好一陣子，發現臉上貼了一塊紗布，按了按，好痛！

接著他檢視自己身上，發現被鬼魅用刀子刺痛處，沒有任何傷口，只有一道瘀青，總共有五、六道瘀青。

每當有人跟他提起「寧靜湖」、「鬼湖」啦，他立刻閉上嘴，不管同學如何問、想盡辦法問，他始終不肯開口。

若是有人問他信不信湖裡有鬼魅，他還是緊閉嘴巴，絕對不肯透漏蛛絲馬跡。

不過，同學也發現，對於「寧靜湖」，他總離得遠遠，絕不靠近。

不聽、不看、不談，這樣總可以避開那只邪魅鬼物了吧？潘富凱這樣認為。

正常上課後的第三天，潘富凱下午沒課，在宿舍內看書，直到天色暗了，感覺肚子餓，想去餐廳用餐。

打開宿舍門，潘富凱霎那間頓住腳！

一道人影直挺挺站在門前，擋住他的路，這個是他記憶猶新的人——王涼月！

屏住呼吸，潘富凱立刻用力甩上宿舍門，退回室內。

第七章
寧靜湖鬼魅

坐在書桌前的同寢室友游文宗訝異的轉回頭，飄一眼潘富凱，正想回頭，忽看到他臉色鐵青，遊文宗整個人轉過來，關心的問：

「怎啦？不舒服嗎？臉色很難看！」

潘富凱搖頭，落座到自己床鋪上，喘著大氣。遊文宗雙眼追著他看，說：

「嘿！要不要看醫生？」

潘富凱輕輕搖頭，勉強打起精神：

「不餓嗎？一起去用餐？」

「嗯，目前不餓。」遊文宗回望桌上的書，迅速做個記號，闔上書本：「不過，既然你邀約了，就一起去嘍。」

潘富凱鬆了一口氣，整個人安定下來。

遊文宗探身，走到床鋪，想抓件外套，他的床鋪邊，是一個大窗戶，經過窗戶時，他不經意看一眼窗外，突然間，猛嚎一聲，整個人往後傾斜，跌倒地上之前，他勘勘抓緊椅把，連人帶椅發出巨響……

正處於驚弓之鳥的潘富凱，被嚇得彈跳起來，看到遊文宗雙眼發直，便隨著他的方向，也向窗外盯視！

一道魅影，滿臉腐朽爛肉、眼窩黑洞洞、身上衣物破爛、殘洞，渾身往下流倘著黃色臭膿湯、烏黑泥巴和著血水……

兩個大男生抱在一起發顫。

潘富凱曾經歷過，很快就把自己鎮定下來，他鬆開遊文宗，猛吞咽著口水，身軀矮著半截，移動不穩當的腳步，手伸得長長，顫抖著關上窗戶。

遊文宗喘口大氣，正想誇讚潘富凱幾句，猛然傳來鬼魅喊叫聲：

——我討厭……討厭太帥的……男、男生。開門……

兩個大男生馬上又陷入警戒狀態，但是催膽鬼魅聲，一聲比一聲高、一聲比一聲淒厲、一聲比一聲更撕裂人的心肺。

兩個人狂冒冷汗，渾身濕答答，潘富凱皺緊眉心，向遊文宗比著手勢。

遊文宗會意，兩人一起輕輕移向宿舍門口，準備開溜。

潘富凱伸手悄悄打開門把，遊文宗看準了，鑽入潘富凱腋下想先衝出去。

詎料，他俯低的頭，赫然看到宿舍門外的地上，一攤髒汙黑色水漬，離水漬上面十公分左右，垂滴著血水的一雙骷髏腳抬高、跨前，準備要進來。

同樣的，潘富凱看到鬼魅也是準備要進來般向他飄來。

兩個人、四隻手，同時用力把門推前關上，哪知還是晚了一步，鬼魅的兩隻枯骨手，一隻在上、一隻在下，板住門板，奮力要推開。

雙方堅持間，骷髏腳由門縫底下，徐徐伸進來。

忍受不住劇烈的恐懼感，兩個人同時放聲大叫：

「走、走開、救命……救命啊——」

「救、救命，啊——」

宿舍門板頓然一鬆，門被用力闔上，發出巨響，總算關上門了，兩個人互看一眼，突然間，宿舍門被用力敲響。

兩個人驚懼的同時大吼一聲，再次合力掩住門。

門再度被敲響，同時傳來聲音：

「喂！開門、開門啦！」

「游文宗、潘富凱！開門！出了什麼事了？」

發現是住對面寢室的同學，兩人這才鬆手，同時癱坐到地上。

⚒

過了驚險的這次之後，鬼魅三番兩次就來敲門、敲窗，潘富凱和游文宗始終不得安寧。

游文宗一再追問，潘富凱不得不說出之前，他昏倒的細節，游文宗這才明白了，因為之前從沒發生過這種事，想來應該是潘富凱惹來的麻煩事了。

「老兄，這樣不是辦法，我看你還是去處理一下，她叫什麼？」

潘富凱瞪住游文宗：

「王涼月！你說，處理什麼？」

原來趁休假日，游文宗回去向家人說出此事，還想退掉宿舍，累一點沒關係，至少回家住比較安心吧。

家人建議他，最好轉告同寢室同學，既然遇上了，還是把這件事解決了好，否則後患無窮。

聽到游文宗轉述的建議，潘富凱在課餘之間，特地找上資深行政職員——林淑貞，拜託她查王涼月的案件。

林淑貞絕口否認，強調「寧靜湖」向來是校內第一景觀，哪曾發生什麼事？但其實這是學校的策略，她只是受到上級指示，就擔心一旦承認了，會引發其他事端，那就大麻煩了。

潘富凱運用他英挺的外貌，加上時間、誠懇態度，最重要的，是他說出亡者姓名：王涼月！還有，他約略畫出王涼月的畫像，並道出他被鬼魅作祟的詳細內容。

聽完，林淑貞當場變了臉，不過她說得相當婉轉：

「我很同情你的際遇。不過，這屬於校內高度機密文件，幫了你，我就違反了校內規定。」

「我保證會私底下辦妥這件事，絕不會透露出去。」

「希望你能了解我的困境，替我設想。」

「那是一定的啦。我目的只想解決事情，哪可能再增加妳的困擾？一切就拜託妳了。」

「嗯！」

終於得到需要的訊息，潘富凱展開了預定的計畫。

⚒

一天，潘富凱特地去X大，幾經輾轉打聽，找到就讀大四的陳綉玉，約她出來見面一談。

陳綉玉長的相當漂亮，屬於溫柔、婉約型美女，聽到潘富凱提到王涼月，她花容失色的搖頭：

「我不認識她，抱歉！」

「妳不認識她，她卻認識妳唷！」潘富凱嘟起好看的菱角嘴，神情分明就是個絕對吸引人的大帥哥。

「這……」陳綉玉看著潘富凱，猶豫半天：「其實，這件事不是我說了算，因為……」

「我知道，妳還要問過羅小聰！」

這下子，陳綉玉更驚訝了：

「既然知道小聰，你應該去找他才對。」

「我知道，不過，我覺得應該尊重妳的意見。」

聽到潘富凱這話，陳綉玉溫柔的心，立刻又軟了三分，她點點頭，說：

「謝謝你。你這個人也挺細心的。這樣吧，給我個時間，我問問小聰。」

潘富凱欣然的頷首：

「多謝妳肯幫忙。不然坦白講，我都快崩潰了，不但無法上課，整天精神萎靡不振，還連帶害了同寢室的同學，很過意不去。」

陳綉玉笑了，勾出腮邊一顆酒窩，更吸引人。

「難怪羅小聰遇到妳，就離不開妳。」最後，潘富凱還巴上最中聽的一句好話！

第七章
寧靜湖鬼魅

與上回一樣的咖啡廳，樓上角落桌，三個人面對面落座。

三個人各點不一樣的飲料：卡布奇諾、拿鐵、黑咖啡，在裊裊上升的咖啡香霧中，三人臉上表情不一。

潘富凱知道了整件事的來龍去脈。

羅小聰的媽媽和王涼月父親結婚，兩人不同父母，從國中一起生活、長大，羅小聰只當王涼月是妹妹，這份非男女的感情，是無法割捨，但跟「愛」又絕對不一樣！

羅小聰一直跟王涼月解釋，她就是聽不進去，認為一切都因陳綉玉介入！

王涼月一再自殘、自殺，羅小聰的解讀是：他並非欺騙她，他只是很不捨妹妹。只是想不到王涼月會跳湖自殺，跟王涼月一樣大眾傳播系的麻吉好友，到處傳言，一致指責陳綉玉橫刀奪愛，把這件事鬧大，導致校方還約談羅小聰、陳綉玉。

所謂：萬夫所指，無病而死。羅小聰還受到家人的責怪，尤其是王涼月的父親，更因此事常跟羅小聰的繼母發生口角，總之，家庭風波不斷！

受不了種種壓力，陳綉玉想跟羅小聰一度想分手，但依羅小聰解讀，就算分手，王涼月還是無法回來；家庭風波還是不會停止；就連陳綉玉也無法洗清這個罪名，更無法得到同學們的諒解！

兩人商量之下，決定一起轉校。

「我以為，」陳綉玉溫柔語聲，帶著三分無奈：「快三年了，事情都過去了！」

潘富凱喝口咖啡，絮絮說出「鬼湖」的際遇，還有鬼魅追到宿舍，殃及同寢室的游文宗。

羅小聰轉向潘富凱，低沉嗓音像磁鐵：

「照理說，這件事跟你全不相干，現在，你想怎樣？」

「非但不相干，我根本就很無辜。我同學教我，請兩位到鬼湖走一趟，向鬼魅祭拜、祈禱一番，請它不要再騷擾人。」

「不行！綉玉再回去，更會勾起往日的事情，我不能讓她受到委屈。」羅小聰一口回絕。

「等等，我們可以晚上去鬼湖。」

「不要！那隻鬼據我所知，它很固執，絕不肯妥協。」羅小聰俊朗的臉孔，一派堅定：「再說，逝者已矣。我犯不著再去招惹它。」

這個結果，完全是潘富凱始料不及，他楞住了。

「說句我心裡的真話，它……害我不得安寧，我也很懊惱！」

「可、可是，它……是真心愛你，不是嗎？」潘富凱結結巴巴的說。

「這件事讓我明白，有時候不當的愛，反而是毒藥！」羅小聰一針見血的說。

「據王涼月所敘述，她走到湖裡時，後悔不想死，但是，腦海中卻升起復仇怨念，這股怨念，引發湖底一隻水鬼張牙舞抓的抓她下去。所以，我猜如果兩位能到湖邊向她道歉、禱告，請她消除怨念，也許可以改變她，拜託啦……」

潘富凱鼓起三寸不爛之舌，繼續游說，請他倆人幫幫忙。

溫柔婉約的陳綉玉差點點頭，但是，羅小聰就像一顆頑石不為所動，應該說，三年前的事讓他傷得體無完膚吧。

雙方道再見時，陳綉玉「嗤！」一聲輕笑，說：

「要怪，只能怪你長得太英挺！」

潘富凱跟羅小聰四目相對，眼神俱流露出：惺惺相惜！

不當的愛，是毒藥，那，長相過度美絕，未嘗不是「幸運」！

⚒

許多人喜歡醫美，把自己弄得漂亮，理所當然之事爾，哪有人會怪自己長相太俊俏？此刻，潘富凱就因為長相，惹來麻煩，真是不合邏輯！

「呃！怎麼會這樣？舉手之勞，他們都不肯幫忙？」游文宗聽完傻眼了，繼而點頭：「不管怎樣，人家沒這個義務嘛。」

潘富凱沉默無語。

「我很想幫忙，不過……」游文宗期期艾艾的說出他的心意：「既然這樣，很抱歉，我不敢繼續住宿舍了。」

潘富凱還是沉默無語。

不久，游文宗真的搬離宿舍，另找租住處。

潘富凱硬起頭皮，依舊住在宿舍裡，只剩他一個人，他想出一套應對策略：晚上天黑盡量不要在外徘徊；睡覺時關緊門窗；出門也不能太早出門；宿舍內多備些乾糧；最重要的，離鬼湖遠遠的。

他桌上攤了一張備載記事單，想起什麼時再添加上去，這樣應該萬無一失了。

這天夜裡，他照記事單上所載，關緊門窗，早早上床。

奇怪的是，今夜偏偏睡不著，翻來覆去，兼下床喝水，搞到快十二點，才有朦朧睡意。

「喀！咧！」

迷糊間，耳中傳來輕微怪聲，潘富凱依然睡他的。

模糊之際，他看到幾位高中死黨，跟他嬉鬧、談笑，不知道是誰，鑽入他旁邊，說：

——我累了，讓我休息一下。

潘富凱欲拒絕，對方一直拜託、拜託。拜託兩字，愈說愈大聲，衝入他耳膜，他有些清醒，側臉看一眼。嘿！身旁果然有個背影，他伸手去推，口吻不清的：

「走開！不要睡我的床，走開啦！」

話才說完，背影突如其來往上升，連同蓋住的薄被也往上升，他忘形的身手，想拉薄被，卻勾不著。

潘富凱覺得不對，整個人頓然清醒過來，轉頭，往上冒的薄被，呈一個人形狀停在半空中，但是他旁邊居然還有一道背影，背對著他側臥。

極端驚愕下，潘富凱急忙下床，因為太驚慌整個人滾到地上，他轉頭看到房門還是關得緊緊地，又轉回頭，揚聲叫：

「誰？你是誰？怎、怎麼進來？」

背影慢騰騰翻轉個身，面朝他，嘻然嘿笑著：

「你的老朋友，忘記我了嗎？」

呃！嗚哇。心口猛然狂震，潘富凱坐在地上的身軀，忙忙往後，向門口倒退。

床上是個女人，妹妹髮型下，白淨臉孔，配上丹鳳眼。

「妳、妳、妳……」

「咦？不認識我了？王涼月呀！」

「妳、拜託妳、出……出去！」潘富凱臉色驟變。

「不要這樣，看你帥氣臉蛋都變色了，多難看！」

「妳、不是我害妳，拜託，不要找我麻煩。」

王涼月嘟起嘴，下床往潘富凱一步步走過來：

「那天，我們在湖畔不是有說有笑？才多久就翻臉了？真無情！你們男人都這樣嗎？」

潘富凱慌急得向後退，退到門邊，反手往上，抓住喇叭門鎖想打開，轉不動，他這才想起，上了鎖！

「哼！可惡！居然怕我怕成這樣，啊，你愛上別個女生了，我不甘心！不甘心！」

她繼續靠近來，一面說，臉顏一面丕變，先是整個浮腫，像發酵的麵包，足足大了近一倍，接著肌肉腐爛、嘴唇龜裂、雙頰腐朽、眼球往下掉、頭髮僨張。

像她自殺，屍體在水裡發脹、腐爛、變化的整個過程，在短短幾秒內重新演練一次。

「哇！不要，冤有頭，債有主，我沒有害妳！」

逃不出去，潘富凱退縮在門板，掩住臉，身軀顫慄的很厲害，導致整個門簌簌出聲。

「長相太漂亮的男生都不可靠。誰害我？長相太好看，就是不對！」

王涼月，不！女鬼魅尖銳厲聲，響徹整個宿舍，接著她整個恐怖、猙獰身子向潘富凱覆蓋而下……

⚒

是對面宿舍同學想上廁所，聽到潘富凱驚聲尖叫的聲音，但打不開門，他去找舍監。打開門時，潘富凱躺在地上，臉孔發青。

被送到醫務室，治療好了，回到宿舍，潘富凱又再度發生這種狀況，事情一而再、再而三的發生。校方通知他家人，他家人才帶他回去。後來，據說他精神出狀況，只好辦理休學。

見鬼之校園鬼話 4

捌

今晨上學，有點太晚了，因為念小一的妹妹黃涓涓動作太慢，上小五的姊姊黃姍姍只好等她，不然媽媽會開罵。

媽媽總是說，妹妹還小，需要姊姊照顧，責任當然就落在黃姍姍身上了。

到學校大門時，黃姍姍發現同學已不如往常般的多，稀疏的沒多少，於是她更加緊腳步。

經過噴水池，黃涓涓忽然拉住黃姍姍衣袖，停住腳。

「幹嘛不走？」黃姍姍不得不也站住腳，問。

「姊，妳沒看到嗎？」黃娟娟雙眉緊皺，眼神露出一絲畏懼光芒。

「看到什麼？」黃姍姍左右隨便一瞄，都沒什麼。

「前面呀。」黃涓涓伸手，有些畏縮的指著前方。

前方是整排教室，左右兩邊各有職員、教師、教務、訓導教室，中間是個寬闊走廊，加上拱廊、雨遮，看起來有些陰暗。

黃涓涓俯近姊姊耳傍，小聲說：

「我看到你們班謝老師……」

「呵！我就知道我太晚，快遲到了，都是妳害我的啦！」黃姍姍焦急的看前面，可是根本沒看到任何人。

第八章
老師是鬼

她想，老師有可能已轉進右邊的教師辦公室，才看不到她的人。

黃涓涓聲音很低，低到只有她自己聽得見：

「奇怪，老師沒有腳。」

「我看，妳自己走，我不跟妳去妳教室，我得趕快進我教室。」

「不要啦！」黃涓涓忽然喊道。

兩位中年級同學經過，轉頭看她兩姊妹，黃姍姍只好拉起妹妹的手，腳步相當迅速，急急送妹妹去她教室，黃姍姍才半跑的回自己教室。

上課鈴響了好久，老師一直沒進五年四班，同學們則自顧談天、說話。

過了約半個小時，一位男老師走進五年四班教室，同學們立刻安靜下來。

「同學，妳們謝貴英老師有事，這節課由我代課。」

「老師為什麼沒來？」班上一位較調皮學生舉手問。

「老師……臨時有事情。」代課老師頓了一下，轉身在黑板上寫下自己的名字——章信漢。

這節是國文課，時間似乎過得特別快，不一會兒就到了下課時間。

接著，第二、三、四節課，一直都是章信漢代課。

這情形很罕見，教學一向認真的謝貴英老師，從來不曾請假讓其他老師代課過，

第四節快下課時，有調皮又多嘴的同學終於忍不住，問代課老師，老師為什麼事請假？

章信漢猶豫了好一會，說：

「嗯，謝貴英老師，她……」

幾十位同學瞪大雙眼，全都盯望著講台上，章信義老師終於說出，早上謝貴英老師來學校途中發生車禍，現在人在醫院。

「老師！不可能！」黃姍姍衝口接話。

章信漢老師轉望她，表情嚴肅：

「老師怎會騙妳們？」

「可是，我妹早上還看到我們謝老師哩。」

章信漢聚攏濃眉：「哪有可能？在哪裡？」

「噴水池後面，進來的拱廊上。」

「什麼……時候？」章信漢老師語氣居然有點猶豫。

黃姍姍想了一會，說出她進校時間，章信漢老師用力搖頭：

「一定是妳妹看錯了！」

謝貴英老師在早上六點十五分上學途中發生車禍，不到七點就被救護車送去醫院，而黃姍姍進校時已經是七點三十五分了。

⚒

中午時分，班上最調皮的男生——蔡清璋取笑黃姍姍：

「想不到喔，好學生黃姍姍會說謊。」

「誰跟你說謊啦？」黃姍姍怒瞪著蔡清璋。

「唔，又不是我說的，是代課章老師說的，哈哈哈。」說著，蔡清璋拍起手。

才國小五年級生，最怕的就是被人譏笑，黃姍姍提高音量分貝：

「我有證人，不信的話，我找證人過來！」

「好呀！好呀！」

蔡清璋手拍的更響，引來其他幾位同學注意，他得意的說出方才兩人的對話，然後轉向黃姍姍：

「敢不敢打賭？」

「哼！誰怕誰？賭就賭，賭什麼？」

「一根冰棒！」

同學們瞎起鬨，都說一根冰棒太小兒科了，賭炸雞，聽到的全都拍起手：炸雞、炸雞。

黃姍姍臭著臉，轉身就跑去找妹妹黃涓涓，拉她來五年四班教室，同學們紛紛圍攏過來。

「告訴他們，早上妳看到誰了？」黃姍姍氣勢十足地。

黃涓涓掃一眼眾人，說了幾句話，卻咕噥在嘴裡，大家都聽不清楚。

「大聲一點。我們賭炸雞，贏了妳有炸雞吃！」黃姍姍看一眼蔡清璋，篤定的跟妹妹說。

黃涓涓這才張嘴，囁嚅的說出早上，在拱廊看到謝貴英老師。同學們呆了半晌，有人轉向蔡清璋，說：你輸了。

其他同學們鼓掌、大喊：炸雞！炸雞！炸雞！

蔡清璋眼睛一溜，舉高手：

「等一下！聽我說，這個不能算我輸，你們看，她誰呀？姍姍的妹妹、妹妹耶，搞不好剛才在路上，姊妹倆套好了騙我。」

說得有理，大家都轉望黃姍姍，黃姍姍氣紅了一張小臉，跟她麻吉的陳秀梅立刻表示挺她，她相信黃姍姍不會騙人。

可是這樣也不能證明什麼呀，班長周伯川開口：

第八章
老師是鬼

「我想到一個好方法。」

他的好方法，就是讓黃涓涓把看到的，謝貴英老師穿著的模樣，形容一遍，大家都同意。

「我看到謝老師穿的上衣是鵝黃色襯衫，黑色背心，然後……」黃涓涓歪著頭，努力想想：「裙子，她穿一件黑色裙子。」

周圍的同學們，有的點頭、有的偏著頭，陷入回想。

「鞋子！鞋子呢？老師穿什麼鞋子？」周伯川問。他記得老師平常都穿平底黑色鞋子。

同學們一齊轉望黃涓涓，黃涓涓臉色有點古怪，周伯川催促她，她才低聲說：

「我沒看到鞋子，老師……沒有腳！」

瞬間，大家沉默一會，蔡清璋突然哈哈大笑，向黃姍姍道：

「妳輸了。老師哪可能沒有腳？」

說完，他拍著手，喊：炸雞！炸雞！

「我沒有輸。我妹妹明明就看到了謝老師！」黃姍姍氣炸了，說。

「那我也沒有輸，好嗎？」

「明明就是你輸了，我妹從來不講謊話，她真的看到老師。但是……」黃姍姍義憤填膺地：「其實，我不希罕你的炸雞，要說我輸了，我也不可能賠你炸雞！」

說完，黃姍姍牽著黃涓涓的手，回她小一的教室，這件事就這樣不了了之。

⚒

班長周伯川抱著一疊好高的作業簿，送到教師辦公室，堆放道謝貴英的桌上，代課老師章信漢喊他，要他把作業簿送到他的辦公桌上。

周伯川依言走向章信漢，把作業簿放到桌上。

「我可能要代課一陣子了，以後有什麼事儘管找我。」

周伯川點點頭，問：

「章老師，我們謝老師什麼時候會來上課？」

章信漢臉色一暗，聚攏濃眉，搖搖頭：

「不知道，可能要好一陣子。」

「要很久呀？」

章信漢點頭：「謝老師的腳被輾過，聽說是開放性骨折，確切情形還不知道。」

周伯川走出教師辦公室，往五年四班教室走，一面走一面突然想起中午，同學們聚在一起，黃涓涓說的話：老師沒有腳！

第八章
老師是鬼

這時候，已經是下午四點多，加上雲層很厚，天空暗濛濛。

墜入思緒中的周伯川腳步緩慢下來，經過花圃時，忽然傳來低沉的唉唷聲，這聲音有點熟，他不經意循聲望去。

花圃對面走廊，有個人跟他同個方向，往前走，但是步伐顛簸而搖擺，這個人低著頭在看地上。

周伯川有輕微近視，當下他只覺得這個人身影有點熟，偏偏眼睛不幫忙，看不清楚。於是，周伯川趕前一步，越過花圃，這裡沒有花圃的阻礙，可以清晰看到對面的人。

他發現這個人低著頭，在看自己的腳，他也跟著往下望，赫然發現沒有腳，這個人穿著黑色裙子，黑色裙襬以下是空的！

怎會這樣？疑問浮上周伯川腦際，在下一瞬間，他突然猛「呀！」一聲，可能聲音太大，對面那個人轉頭望過來。

周伯川沒來由地，心口悸動起來。兩個人四目交接下，他更驚愕，那個人竟然是班導——謝貴英！

怎、怎麼可能？

雙方足足盯視了一分鐘，周伯川抬手用力搓揉雙眼，再抬眼望過去……對面人影已杳然。

身後傳來腳步聲，周伯川轉頭，是兩位四年級生，他忙指著對面顯得慌亂：

「你們，有沒有……有看到對面，有看到人嗎？」

兩位四年級生互看一眼，轉望對面，又轉望周伯川，同時搖頭。

「呀！我近視，我看錯了，我……奇怪，真的太奇怪。」低聲喃唸的同時，周伯川轉過身，朝五年四班教室走。

兩位四年級生，其中一個掩口，低低說：

「真的是很奇怪的人。」

另一個點頭，伸手比著自己腦袋：

「這裡有問題。」

兩個人竊竊笑了起來……

踏入五年四班教室，室內一片哄亂，周伯川走上講台，用力拍拍台面，大家靜了下來。

他清清喉嚨：

「嗯！各位同學，章老師要我轉告各位，可能要代課一陣子，以後有什麼事都可以去找他。」

第八章
老師是鬼

「為什麼？」調皮的蔡清璋首先發難問。

「因為，」考慮了一下下，周伯川決定說出部分：「他說謝老師發生車禍，可能要休養一段時間，至於多久，他沒說。」

說完，周伯川下台，同學們瞬間嗡然，幾個成績比較差的，興奮的手舞足蹈，大聲嚷嚷，說：

「好耶！我早上可以多睡一下；作業也可以遲交嘍，哇！哈哈哈，太好了！」

⚒

方子賢走進五年四班教室，訝異的掃視裡面，在以前算是太晚了，可是現在都快八點了，同學們一大半都尚未進教室。

他患了重感冒，請假三天，今天才到校。

「喂！看你，一副笑嘻嘻樣子，感冒好了？」坐他旁邊的陳秀梅道。

方子賢點頭，放下書包轉向陳秀梅，滿臉堆著笑：

「我剛剛遇到老師……」

陳秀梅歪著頭，臉上是百思不得其解樣，坐在遠點的周伯川、黃姍姍則同時轉頭望過來，只聽方子賢接著說：

「我向老師一鞠躬，她先問我感冒好了沒？然後摸摸我的頭，說：子賢，你要用功點，你的缺點就是死背部分比較差，要多花些時間，多背幾次，才可以記得住。」

這時，有幾位同學衝進教室，看著值日生，拍拍胸脯，因為再差個兩分鐘就會被記遲到，蔡清璋也是其中一員。

「我就謝謝老師，然後……」

「然後怎樣？」周伯川臉容繃的緊緊，忘形的走近方子賢，促聲問。

方子賢有點訝異，接口：

「然後……然後老師又摸一下我的頭，我就走進學校。」

「老師沒跟你一起進學校？」周伯川又問。

方子賢眼睛轉一圈，往上盯住天花板，想了想，搖頭：

「這個呀，我沒注意到。」

黃姍姍忙問：「你在哪裡遇到老師？」

「學校外面，隔了一條街的對面。」

陳秀梅截口問：「等一下，你遇到的是哪位老師？」

「妳嘛幫幫忙，當然是我們導師，謝貴英老師呀！」

方子賢此話一出，班上頓然陷入靜謐。周伯川、黃姍姍、陳秀梅同時臉現驚愕表情。

「哦？」蔡清璋忙問方子賢：「等等、等等，你說什麼？謝貴英老師怎麼了？」

方子賢將剛才的話，重述一遍……

班上所有人都安靜地聽他敘述，他說完，過了好一會，蔡清璋衝口而出：

「你，見鬼了！」

其他幾位晚進教室的同學，一致出聲附和說絕對不可能，一定是方子賢說謊。

「幹嘛這樣說？我哪裡見鬼了？我沒有說謊呀！」

「你確定你沒看錯人？」黃姍姍問。

「耶！拜託！我只是感冒而已，況且都已經都好了，再說，這無關我的視力吧？還是我們班導耶，哪可能看錯人！」方子賢大聲辯白。

全班幾乎都圓睜雙睛，盯緊方子賢。

「難道老師根本沒事？沒發生車禍？」有幾位同學發出疑問。

周伯川皺著眉頭，拉住方子賢肩膀，慎重地問他：

「你說，你有沒有看老師的腳？」

方子賢掰開周伯川的手，近乎好笑表情：

「我幹嘛看老師的腳？沒有啦，我沒有看，怎樣了？對了，剛剛誰說老師發生……」

就在這時，教室門突然被人用力拍打，發出巨響，圍成一圈的同學們，冷不防嚇一大跳，有的狂聲尖叫、有的要奔回座位、有的驚跳起來……全都慌亂成一團，好幾個碰撞到桌椅，摔倒在地。

原來上課鈴早就響了，代課老師章信漢由門口走進來。

⚒

「怎麼啦？你們老師不在，就亂成這樣？班長，班長呢？站起來！」章信漢道。

周伯川站起來，臉色灰暗一片。

「什麼事？大家剛剛在談什麼？」

周伯川支吾著無從說起，班上同學你一語、他一句，把方才事件一五一十報告出來。當然包括同學們的懷疑，以為謝貴英老師或許只是請假而已。

聽完，章信漢沉吟半晌，一臉嚴肅，先是訓了一段話，接著說：

「你們這樣懷疑很不應該，謝貴英老師是個教學認真、盡責的老師，平常時候，偶而犯了小感冒，她都不肯請假。在各位同學心目中，她可能有些嚴格，但都是為了督促同學，希望你們可以認真學習有好成績，知道嗎？」

第八章
老師是鬼

大家都無言，也有人在點頭，接著，章信漢說：

「今天下午，你們有兩節課是自修，希望大家好好看書。老師和其他幾位老師，要一起去探望謝老師，第三節課會回教室繼續上課，到時候再跟各位同學報告謝老師的狀況。」

接著開始上課。

下午兩節課，同學們有些在看書，更多的同學則低聲交談著。周伯川受到章信漢老師吩咐，不時來回的走動，維持安靜。

忽然，周伯川看到坐最後面的一位王同學，全身僵直，死盯著教室外面。

周伯川走到王同學身邊，問他：

「欸！你……」

說了一句，周伯川驀地住口，循著王同學方向，望出去。

其他班級都在上課，偶而可以聽到上課老師的教課聲音，此外一片安靜。

五年級教室都在三摟，對面三樓的走廊外，有個人趴在圍牆上，臉朝這邊看，並舉高手揮動著。

「那是誰？」周伯川有輕度近視，他看不太清楚，問王同學。

王同學無動於衷，姿勢一樣，周伯川推一下他的肩膀，他乍然醒悟般，整個人彈跳起來，忽然趴在桌上，嗚咽的哭著。周伯川吃一驚，用力搖晃王同學，問他怎麼了，王同學哽噎著低聲說著，周伯川聽了幾次，才搞清楚他的話：

「老、老師在對面，向……向我揮、揮手。」

周伯川凝眼望去，對面走廊空無一人，剛剛那人已失卻人影。

細問之下，王同學告訴周伯川，看到老師在對面，整顆頭歪扁，滿面血水，形容怪異，看來超可怕。

「老師死了嗎？她沒有到校來，對不對？」王同學的聲音，近似哭泣：「你說，我是不是……看……看到鬼？」

「鬼」一詞，讓周伯川混身打了個顫慄，他迅速瞄一眼對面，促聲道：

「不要亂講，我們老師在醫院，章老師去探望她，第三節課章老師會來教室告訴我們實際情況。」

說完，周伯川很快走回自己座位。

旁邊坐得近的同學也聽到了這些話，大家都因為心情沉重而靜默著。

到了第三節課，章信漢跨進教室，臉色很嚴肅，看一眼同學們，他約略談起老師躺在醫院，還沒有醒過來。

但拗不過同學們的好奇與關心，只好沉重的說：

「謝老師車禍很嚴重，腳被車子輾過，形成開放性骨折，可能要被截肢，另外，頭部受到重創，昏迷指數剩下三，她暫時無法來教課，你們要好好用功。」

⚒

今早，黃姍姍較早到校，黃涓涓為了配合姐姐，不得已跟著早起，一面走還一面打呵欠。

走過學校噴水池，往前就是拱廊，拱廊旁邊牆上，有一面大鏡子，兩姊妹越過了鏡子，黃涓涓忽然往後退，退到鏡子前，雙眼盯著鏡子，動也不動。

黃姍姍回頭叫她，她仍然望住鏡子，舉手招了好幾下，黃姍姍只好退到妹妹旁邊。

「幹嘛啦？」看了一眼鏡子中的兩姊妹身影，黃姍姍問。

「奇怪，我們剛剛是往前走，對不對？」黃涓涓比劃著：「可是我看到鏡子內，我們的身影是往後走。」

黃姍姍笑了：「你還在睡覺呀？哪可能？」

說著，她拉一下黃涓涓右手，就要往前走，黃涓涓不肯，她舉平左手臂與肩平。

呃！鏡子內，她的左手居然是往上舉高。

黃姍姍既新奇又意外，她放開妹妹的手，也將自己的右手橫舉，與肩平行，但鏡子中她的手，竟然也是往上舉。

「呀！哈！這鏡子好奇怪。」

黃姍姍話說一半，突然看到鏡子內，舉高的手腕被一隻手拉住！

兩姊妹都懵了，不一會兒，黃涓涓的左手同樣被一隻手拉住！

黃姍姍回頭往身後看，身後空無一人，連個鬼影也不見，那這隻手，打哪來的？

黃涓涓只覺得好玩，故意把左手往上升，升到四十五度，想看看鏡子內舉高的幻手，會有什麼變化。這時，黃姍姍再轉回頭，盯住鏡子內握住自己舉高手腕的那隻手。

就在這時，鏡子內兩姊妹的身後，忽然冒出一顆頭，徐徐上升……黃姍姍更覺得不可思議，她再次轉頭回望，身後還是空無人影，而黃涓涓則始終動也不動，直盯視著鏡子。

再轉回頭，黃姍姍看到鏡子中冒出的整顆頭是歪扁，滿面血水，形容怪異，可怕。怪頭繼續往上冒，露出頸脖、上半身，更可以清楚看到鏡中的人以她兩隻手分別握住黃姍姍與黃涓涓的手腕。

呆愣了好幾秒，黃姍姍終於分辨出來，鏡子中的人赫然是班導謝貴英！

第八章
老師是鬼

認出老師後，黃姍姍才懂得駭怕，她狂吼一聲，整個人往後倒，同時黃涓涓也醒悟過來，猛哭著轉身就想跑，但卻踢到黃姍姍，兩姊妹因此跌成一團。

在此同時，學校外對面街道，有兩、三位六年級生一面嘻嘻哈哈，一面等綠燈，不一會兒，綠燈亮了，三位同學走過馬路，轉彎朝學校而來。

當中一位同學忽然伸手，揚聲說：

「耶！快看前面！」

兩位談天的同學聽到了，雙雙循手轉望前面。

一個女人身影走在他們前面，步履急匆匆的，似乎在趕路。但是女子始終跟他三人保持一樣的距離，既未拉長、也沒縮短！

「怎樣？應該是學校的老師吧，幹嘛大驚小怪？」

「不是，你看她的腳。」

另兩位同學望去，嘿！看到了，她小腿以下空空的！

其中一位不知輕重的同學大聲叫道：

「咦！沒有腳還走那麼快！」

他喊完，沒看到前面女子轉身，但是她卻乍然面向三個同學，同學看到她臉容扭曲、歪扁，滿面血水，臉容猙獰！

吃這一嚇，同學頓住腳，不敢往前走。

接著，女子在六隻眼睛注視下，由腳往上，逐漸消失。最後，整個消彌在空氣中。

「這是……」

「我們……看到什麼？」

「鬼、鬼……我……」

同學們在顫慄中紛紛發出疑問，然後三個人手牽手，向前狂奔進入學校內。

跑越過噴水池，奔到拱廊時，遇到正要爬起身的黃姍姍兩姊妹，一面往後退，一面臉容驚恐的凝望鏡子。

驚魂甫定的六年級生，看到兩姊妹樣子，好奇地跟著轉望鏡子。

哇呀！鏡子裡面浮飄著一個女人。

她赫然是同學們在學校大門外，遇到的那個女人，她沒有腳，猙獰樣貌跟剛才看到的一模一樣，她也望著鏡子前面的學生。

「哇——」高聲驚吼著，同學們急忙逃開拱廊，奔向自己教室。

黃姍姍猛然醒悟，拉起妹妹的手也慌措的逃掉了。

第八章
老師是鬼

蔡媽媽今天有事必須提早出門，又擔心平常兒子都睡太晚，沒人喊他，擔心他遲到，便提早叫他起床。

因此，出了名的遲到大王蔡清璋，今天意外的提早到校。

他是一路往學校走，一面瞇著眼打瞌睡。

走到半路，突然肩膀被拍了一下，很輕，但蔡清璋心臟無端跟著跳快一拍。

——好喔！你今天終於早到學校了。

蔡清璋轉頭一看，是謝貴英老師，睡蟲跑光了，蔡清璋整個人都清醒過來。

——你能天天這麼早到校，老師會記你一個嘉獎喔！

蔡清璋動動嘴巴，卻說不出話，心想：老師，不是還在醫院？

——唉，老師在醫院沒錯，可是我很擔心你們的課業，我迫不及待要來學校上課呀。

蔡清璋點點頭，想著：老師太辛苦了。

——只要大家都努力用功，老師再辛苦也值得了。

突然，蔡清璋耳際傳來一聲巨吼：

「嘩！蔡清璋，你幹嘛？」

蔡清璋嚇一跳，再次清醒過來，轉頭一望，是班長周伯川！

「我……」蔡清璋臉色慘白，狀似未睡醒，四下尋找著。

「怎麼了你？」

「有看到老師嗎？」

「誰？哪個老師？」周伯川跟著轉頭四下張望。

「謝貴英老師。」

周伯川心口一緊，不由分說，拉住蔡清璋書包邊緣往學校方向，快步疾行。

「耶，放開我啦！」蔡清璋揮著手：「再不放開，我生氣了！」

周伯川放開手，腳步不停，不悅極了：

「你幹嘛亂講？老師明明在醫院，還問我有沒看到……」

「是真的啦！老師剛剛跟我說話，說要記我一個嘉獎。」

周伯川更不悅了，上個周末他代表全班，跟章信漢老師再次去醫院探病，清楚看到謝貴英老師還在昏迷躺在醫院病床上，身上插了許多插管，哪可能……

「好了！好了！不跟你說啦！」

說著，周伯川捨了蔡清璋，快步逕自進校。跨進教室時，正巧對上陳秀梅瞪的圓鼓鼓一雙眼睛。

「幹嘛瞪我？」心情不太好，周伯川口氣也很不爽。

「我……我哪有瞪你？」陳秀梅話音在顫抖。

周伯川也不理她，陳秀梅追在他身後，顫聲說：

「你、你、你遇到了沒？」

「遇到誰？」

「你、你、你也沒看到、看到嗎……」

「妳到底在說什麼？」周伯川忽停身，瞪她。

「謝老師站在教室門口，你真的沒看到？」

陳秀梅指著教室門外的手驀地縮回，因為這時教室門口只看到蔡清璋走進來。

周伯川皺緊雙眉，他不想再說什麼，心裡既矛盾、又害怕，實在不知道該怎麼辦？該說什麼？

教室內的同學們，無心晨讀，大家議論紛紛，分別說出個人際遇，瞎的是際遇都不盡相同、所見也不一樣，只有一件是一樣的，就是大家都惶亂不安，每天上課，每天都提心吊膽。

第八章 老師是鬼

收集作業簿後，周伯川捧著送到教師辦公室，裡面傳出說話聲音，還涉及謝貴

英，

周伯川站在教室門口，無意中偷聽了好一會，才敲門走進去。幾位其他班老師和章信漢老師聚在一塊，一致露出嚴肅的表情低聲交談，看到周伯川走進來，他們看他一眼立刻停止說話。

周伯川放下作業簿，向老師一鞠躬，頹喪的往教室外走。

「周伯川！過來！」章信漢忽然開口喊。

周伯川走道章老師面前，垂著頭。

「我發現班上同學們，最近上課都不專心，為什麼？」

周伯川偷偷環視一眼周圍其他老師，耶，他們同時都在看他。

章信漢追問下，周伯川把最近同學們所遇、所談的事件，全部報告出來。其他幾位老師聽了，都目瞪口呆兼張口結舌。

章信漢聽罷，點頭，轉向其他老師：

「看來，這件事是真的很怪異。」接著，他又轉向周伯川：「今天午休時，我要再去醫院探望謝老師，你回教室問問看，誰要跟老師一起去的，登記一下。」

周伯川點頭，鞠躬回教室去，結果一問，竟然沒有人登記。周伯川很想登記，但他猶豫了很久，還是放下筆。

「班長應該去啦！代表我們班。」蔡清璋看著周伯川的紙條，說。

「那，你去，我登記你的名字喔。」周伯川說。

蔡清璋猛搖雙手，迅速離開。

幾個成績比較好的同學們，圍近周伯川，周伯川低聲說：

「我剛送作業簿給老師，聽到其他幾位老師說，他們也遇到過謝貴英老師！」

同學們俱都滿臉驚恐，低語議論，幾個不曾碰到過謝貴英的同學都一致認為，可能是看錯了，畢竟老師在醫院裡，哪可能會來學校？

下午第二節課，章信漢老師來上課對同學們宣布一個消息：

「謝貴英老師，已經拔管往生了。」

接獲這個消息，不只是五年四班，其他幾位曾親眼看到過謝貴英的別班、別年級學生或老師全都惶惶然。

之後，謝貴英老師的一縷魂魄，總徘徊在學校、教室，甚至有早到，或晚下班的老師，在校內、教職員教室，都會看到老師的幽魂現身。

有人建議，舉辦個超度法事祭拜一番，學校也照辦了，但是這縷認真教學的幽魂，依然持續遊蕩在學校周遭……

如果有機會到X國小，小心您會遇上它。

見鬼之校園鬼話 4

玖

停車場的陌生人

曹永翔就讀X大夜校，今天有事早退，踏出教室，他折向停車場。這時，一輪圓月高掛在天空，正是夜涼如水，令人舒暢無比的夜晚。把摩托車退出停車位，他拿起安全帽，忽然直視的眼睛，看到前方有團物事。

這個校園停車場位於半山腰，地方蠻寬廣，一邊可以停車子；另一邊則停摩托車。

前面是一整排的車子，車子後方，則是一堆草叢。

曹永翔看到草叢附近有一團黑忽忽的東西，當中有兩顆亮晶晶的，不知道是什麼？

將安全帽置放在車座上，他向前走，想一探究竟，忽然停腳，想到也許是貓、狗之類的小動物，不必管牠吧？於是，他又退回車子旁，戴上安全帽、口罩，跨上車。

忽然，肩膀被一個東西壓了一下。

他轉回頭，發現車子後座旁邊，不知道何時悄然站了個人！

剛剛完全沒看到，也不曾聽到腳步聲，這個人到底何時走到他旁邊？還有，速度也太快了吧？想歸想，他還是問：

「什麼事？」

這個人頭俯的很低，又戴一頂棒球帽，看不到他的臉，從口氣可以聽出來，他很靦腆：

「那、那個……可以拜託你，載我一程嗎？」

「喔！你要去哪？」曹永擔心路線不同，想幫忙也要考量是否同個方向。

這個人沒有回答曹永翔的話，僅又重複了一遍剛剛的話：

「那……那個……」

「喔，好吧。」為了省事、省時間，曹永翔點頭，說。

反正都是下山嘛，下了山再問他看，如果不同路線再讓他下車。

摩托車徐徐騎出停車場，轉向下山路線一路往前，到了個轉彎處，他放慢車速，順便問：

「你要到哪裡下車？我要走ＸＸ路。」

「我……不知道。」

「什、什麼？」曹永翔訝異地反問：「你想去哪都不知道？」

這不是很奇怪嗎？又不是小孩子。

「我不知道……為什麼會在這裡。我是被……」

話聲愈來愈低，後面他說了一串話，曹永翔聽不清楚，想側耳聽仔細、想再問，略一分神之際，車子龍頭忽然一歪！下一秒，前方突如其來，出現了一輛大卡車，車子超越中間線，有一半是超過這邊的車道，很巧，跟歪著車頭的曹永翔對撞，兩車發出「嘰——吱——」巨響。

⚒

曹永翔醒過來，周遭全是白色牆壁，一個聲音響起：

「醒過來了？」

曹永翔渾身都痛，頭、手、腳腿、身體都包紮著紗布，只有眼睛可以轉動，他看到班上同學湯瑞昌，起身俯視著他：

「醫生說你真幸運，只有外傷，沒有傷到筋骨、內臟。」

曹永翔點點頭，這一動牽引傷口，他痛的疵牙裂嘴，連忙躺正。

湯瑞昌告訴他事情發生的經過，說到一半，曹永翔突然打斷他的話：

「等一下，你說，現場只有我一個人倒在大馬路上？」

湯瑞昌點頭。

「沒有其他人？都沒有？除了我之外，都沒有？」曹永翔一再確認的問。

「喂！難道你希望有人陪你受傷？」湯瑞昌很不以為然的表情：「你心眼很不好喔！」

還想提出疑問，但想想算了，曹永翔閉上嘴，不過腦海中始終想不起那個請求搭便車男子的形貌。

⚒

下課了，鄭冬梅和林榮嬅路有說有笑地，一塊走向停車場，後面湯瑞昌追上來，打斷女生的話：

「耶，永翔今天出院，妳們要不要去找他？」

「這麼快？還不到一個禮拜就可以出院？」鄭冬梅驚訝的問。

「他只受到皮肉傷，像擦傷、挫傷，當然好得快。」說著，湯瑞昌轉向林榮嬅：「要不要一起去？妳家跟他租屋處很近，要的話，我載妳。」

林榮嬅猶豫著，鄭冬梅曖昧的笑著推她一把：

「好啦！好啦！我自己去搭校車，妳讓他載。」

林榮嬅雙腮泛紅：

「不要，我跟妳一起坐校車，到山下我再下車坐他的車。」

「唉唷！幹嘛搞得那麼累？」湯瑞昌摸著額頭，狂聲大叫。

但，他拗不過林榮嬅，只好都依她。

第九章
停車場的陌生人

事實上，大家都心裡有數，湯瑞昌想追林榮嬅，鄭冬梅有心想替他倆牽線，林榮嬅家教比較嚴，加上有家庭經濟壓力，無意太早交男朋友。

兩個女生先上校車，鄭冬梅坐在靠窗位置，一路上和林榮嬅低聲交談，湯瑞昌雖然自己騎摩托車，不過一路都跟緊校車，有時在後方尾隨，有時騎在校車旁邊。

忽然，鄭冬梅打斷林榮嬅的話，咦了一聲，指著校車窗外：

「妳看！奇怪了！」

林榮嬅轉望車窗外，看到湯瑞昌跟在校車旁邊，但是他的後座上，卻載了個人。

「他載著誰呀？」鄭冬梅直起身，探看著。

林榮嬅一再細瞄，一再搖頭：「不知道。」

「會是別班的同學嗎？」

校車到了轉彎處，湯瑞昌車速慢下來，落到車尾。

「剛剛好像沒聽他說，有人要搭他的車。」

「那個不重要啦！」

林榮嬅繼續她剛才的話題，不久，車子停在山下站牌，她不想要下車，鄭冬梅比她更急：

「剛才妳跟他說定了，在山下這一站下車才讓他載，不是嗎？快點啦！車子要開了。」

林榮嬅坐得穩穩當當，堅持說：

「妳也看到他後座有載人，我下車趕人，不好吧。」

說話間，校車已經開走了。

詎料，湯瑞昌一路尾隨校車，直到鄭冬梅和林榮嬅下車了，他把機車停在兩個女生旁邊，口氣慍而不火地：

「嘿！妳怎麼言而無信？害我等不到妳，只好追著校車跑。」

林榮嬅淡然說：「你可以不必等我呀！」

「不是已經說好了嗎？」

林榮嬅還想說，鄭冬梅搶先一步說：

「剛剛那個人呢？」

「哪個？」

「坐你後座那個人，榮嬅擔心她下車後，那個人要怎辦？」

「見鬼了，我哪有載人？都已經跟妳們說好，我哪會載別人？」

鄭冬梅、林榮嬅互看一眼，不說話。

「是不是不想去探望永翔？」湯瑞昌眼神不斷巡視著兩個女生：「明說就好了

嘛……」

「真的！不騙你，我們兩人都看到了你機車後座載了個人。」

眨眨眼，湯瑞昌反問：

「他長怎樣？女的嗎？或是男的？」

鄭冬梅想了一會兒：

「基本上看不出來，不過他戴著一頂棒球帽。」

這件事，終於沒有結果，不過基於信用問題，林榮嬅還是跟著湯瑞昌走，畢竟她家也住附近，不會耽擱太久的時間。

⚒

曹永翔出院後，恢復到校上課。這一天，他比較早到校，看到鄭冬梅在座位上用晚餐，閒談中說起他車禍的事。

「我媽一直不肯讓我騎車上學，因為太危險了。」

「哪會？」曹永翔喝著手中飲料：「看，我騎了幾年車不是都沒事？」

「沒事怎會出車禍？」

「唉唷，說起這個我也很莫名其妙。」

第九章
停車場的陌生人

接著，他談起載停車場有人要搭便車的細節，末了他搖頭：

「奇怪的是，我發生車禍後，搭便車那個人居然憑空消失了。」

「啊你沒找找看，是不是摔跌到路旁草叢去了？或是摔到山谷底下？」

曹永翔聳一下肩膀：「想想，好人做不得，我就是太好心才會發生事故。」

另一位同學湊近前，附和的說：

「沒錯！有人常說：好心有好報？我看，應該說：好心沒好報。」

「幹嘛這樣說啦。」鄭冬梅不以為然地。

「耶，這話不是我說的，隔壁班，有沒有？那個王仁和也遇到衰事，正是好心有惡報的例子。」

曹永翔、鄭冬梅異口同聲道：「說來聽聽看吧！」

這時，班上的方雅慧、湯瑞昌踏進教室，也湊過來，只聽這位同學敘述……

⚒

上個禮拜三，隔壁班的王仁和下課後，收拾動作慢了一點，等他到停車場時，同學們幾乎走了一大半。

王仁和把課本放進側邊的車廂內，慢吞吞關上、整理著，這時有個人走近他，問：

「可以……載我一程嗎？」

「有順路當然可以。」王仁和看都沒看他一眼，隨口說。

「謝……謝……」

他回答的口氣很怪異，讓王仁和感到有些奇怪，再來，忽然想到他認識他嗎？不然，幹嘛要載他一程？

王仁和轉頭看他，他頭俯得很低，看不到他的臉，便問他：

「你是哪一班？」

這個人居然沒回話，只像個木頭人般，不動也不開口，王仁和心想，既然都答應了，算了，就載他一程吧。

王仁和跨上機車，完全感受不到有人上了他的車，以為那個人離開了，便回頭，才發現那個人已經安穩的坐在他後座了。

機車一路順著山坡，往下滑行。一個不小心，車輪輾到一顆不小的石頭，讓車子劇烈的顛簸一下。

通常，在這種情況下，後座的震動會更厲害，如果不抱緊前座人的腰部，很容易摔下去。

可是，身後居然完全沒有什麼反應，好像後座根本沒有載人的感覺。

王仁和很擔心，搞不好他摔倒在路上，不管他受傷或發生危險，那就糟糕了。

車速放慢下來，王仁和從後視鏡望過去……還好，他還在。

車子再轉個彎，王仁和由另一邊後視鏡往後看，赫！他穿著草綠色直條的襯衫，襯衫上染了滿是怵目驚心的紅色血液，臉孔支離破碎，勉強可以看到扭曲的臉上一對紅色眼睛，由後視鏡裡直直跟王仁和對望著！

吃這一驚，王仁和在剎那間嚇得整個人都紊亂，機車把手也跟著東偏西歪，機車隨著左右劇烈搖晃。

一個念頭竄入他腦海中：鬼？我……載到一隻鬼？

大家好奇的問：後來這位同學結果呢？怎樣了？

「好在沒事，週日那天，他家人帶他去廟裡拜拜，他嚇壞了，說以後都不敢騎機車上下課。」

⚒

停車場有個搭便車的怪人，其他班級的許多同學都曾遇到過，有的被嚇的機車自摔，或車禍、或受傷，也有載到半路上怪人就不見了。

他不是校內同學，也非教職人員，根本沒人認識他，『停車場的陌生人』這個消息，不脛而走。惶然不安的傳言沸沸揚揚，都說在停車場，如果遇到有人拜託你：載他一程。最好是拒絕。

這天，方雅慧下課，走到她那部「喜美」二手車，打開車門，上了車，發動引擎。

忽然車子右邊有人敲她車窗，是班上的林榮嬅，她以為她想搭便車。

她搖下車窗，問：

「怎麼？有什麼事？」

林榮嬅搖頭，探進頭，不斷巡視著車後座。

「搭便車嗎？放心，我沒載人。」

「不是，我剛剛從後面，看到妳車後座坐了個人。」

方雅慧轉頭看一眼後座：

「哪有。」

林榮嬅看的一清二楚，連後座腳踏板也不放過，但，是空的。

忽然，方雅惠神色一緊，打開車門：

「上來吧，我載妳下山。」

「不了，我們又不同路線。」

「沒關係，我載妳到山下那個站牌就好了，快點，後面在催了。」

後面一部車子「叭」了一聲，林榮嬅連忙上車，坐上副座位置，關妥車門往前開。

車子往山下開了一陣，方雅慧口氣認真的問：

「妳剛才，真的看到我車後座有人？」

「嗯，背影而已，也許是我看錯了。」

「喔呀，今天有妳作伴，太好了。其實不瞞妳說，我……」

方雅慧絮絮說出……

⚒

之前，有一天下課後，她開著車下山，車子走到一半，她眼角餘光，感覺到有個東西在晃動。車子滑行在黑暗的山邊，後視鏡應該是暗濛又平靜，但她由後視鏡，發現有個人，追在她車子後面。以為是自己看花眼，她轉頭從車子後面的玻璃窗望出去。果不其然，真的有個人追著她車子跑。

她吃了一驚，立刻踩下油門，嘿！車子快，那個人也快。她加快車速，後面那個人也更快，但始終跟她的車子保持一定的距離。

這情形讓她明白，後面那個人，絕非人類！

方雅慧握住方向盤的雙手濕潤、身軀燥熱、額頭冒汗，車子數度差點撞上山邊，直到下山有人潮了，後面那個人才不見了。

聽到這裡，林榮嬅飄一眼後視鏡，似乎不放心，又轉頭回望車後座：

「妳看到那個人的長相沒？」

「我都嚇壞了，哪可能注意它的長相。」

「我在想，它是不是同學傳言中那個……停車場的陌生人？」

方雅慧仔細想了想，無法確認的搖頭。

接著她說，還有一次，也是在停車場，她坐進車內準備發動引擎。無意中，看到對面草叢中，有一團黑忽忽的物體，當中有兩顆亮晶晶的不知道是什麼東西。

前方對面是一整排機車停車位，當她想看清楚時，黑忽忽的東西，猛然拔高，她忘記插進車鑰匙，只怔愣的盯住面前那個拔高的黑影，赫然是一個人，兩顆亮晶晶是眼睛，射出邪異青光看了她一眼。接著，拔高這個黑影移向一旁的同學，嗡動著嘴巴：

「同學，可以……載我一程嗎？」

這麼遠的距離，加上周遭下課的同學們嘰嘰喳喳，照理說是聽不到說話聲音，哪知道，他說的話字字清晰的傳入方雅慧耳際。

方雅慧顧不了那位同學的反應，她當場倒吸口冷氣，手忙腳亂的插進車鑰匙，發動引擎，急急開走車子。

林榮嬅訝然的睜圓眼：

「耶，這跟曹永翔曾經看到的一樣。以前，怎麼沒聽妳提起？」

「我不敢講，很擔心萬一哪一天它找上我，要搭我便車那我怎辦？」

林榮嬅點點頭，心想：好在我都搭校車。

⚒

前面有個大彎道，車子轉了個彎，林榮嬅看到後視鏡有個影子，她不經意的看一眼，呃！是一個人，奮力擺動著雙腿在追車子。

「雅慧……妳看看後視鏡。」林榮嬅身聲音不正常的說。

「幹嘛看？」

話說一半，方雅慧眼神飄一眼後視鏡，驀地閉緊嘴，臉色大變。

「是、是不是、那個……停車場的陌生人？」

猛吸口大氣，方雅慧點頭：「很像是。」

林榮嬅整個人往下縮，把頭躲入車座靠背下，轉頭偷偷看後面追車的人，好一會兒聲音顫慄的說：

「可是，聽曹永翔說，他遇到的那個人戴著棒球帽。他沒有……」

方雅慧沒有出聲，把油門踩到底，車子雖然是二手貨，但也很拼命的往前衝。

「不，不要太快，」林榮嬅心口蹦蹦跳，她拉緊領口：「很危險，呀！小心對面的車，雅慧，雅慧，妳太偏右，小心山邊水溝！」

「不要說話！」

心急氣躁的方雅慧，突然大聲喊。

林榮嬅嚇壞了，畏懼眼光偷瞄方雅慧，又偷偷轉望車後面。

前面又是個彎道，熟悉地形的方雅慧，知道過了這個彎道，再不多久就可以到山下，山下人潮多，她們就可以躲過它了。

轉過彎，方雅慧以為可以鬆口氣。突然，坐在副座的林榮嬅，整個人偏歪向芳雅慧而來，接著猛然尖聲狂叫！

方雅慧握方向盤的手，劇烈震顫，車身一抖，應該是壓到路上石頭，只聽林榮嬅再次大聲尖叫。

在此同時，方雅慧會看到了！追著車子的人，攀上右車窗，然後轉爬過來，出現在車子正前面的大玻璃窗！

第九章
停車場的陌生人

目瞪口呆，卻不容一絲疏忽，方雅慧張大嘴巴，腦中一再告誡自己：鎮定！鎮定！

一旁林榮嬅抓起腿上的書本，拼命拍打窗子，意圖趕走它！

然而，它不但趕不走，還裂開大嘴不知道是在訕笑？還是苦笑？

方雅慧將車子左偏、右拐，想將它甩掉，但又不能太過猛，不然山路很狹窄，車子容易出狀況很危險。

這個人戴著一頂棒球帽，身穿一件草綠色直條襯衫，領口開的大大地，頸脖上掛著一條時下流行的銀色粗項鍊邊呀邊，下半身是一件卡其色長褲。

林榮嬅和芳雅慧整個墮入呆厄狀況，腦袋內一片空白，只剩兩眼尚有知覺，玻璃車窗上，有如正在演出一齣實驗劇，鮮明、實境、恐怖。

這個人在車窗前，開始跟正常人一般模樣，但不到幾秒，倏然間棒球帽飛掉了、頭部整個扭曲得支離破碎，不但凹陷，還呈一百八十度，臉上下倒反，紅色眼睛似乎不甘心的瞪得又大、又邪惡。

緊接著，它草綠色直條襯衫爆開，破碎，身軀乍然開膛破肚，整個內臟爆裂開，上半身都是怵目驚心的紅色血液，臟器碎片、隨著粉嫩色、腥紅色、暗黑色的血水，噴到車窗玻璃上……

然後，車子衝到山岩壁，猛然劇烈一頓，停住了，這才把驚愕、恍神的方雅慧、林榮嬅給撞醒過來。

兩個人受到猛烈撞擊，全都麻痺了，惟一有知覺的眼睛，看到車窗破裂，但玻璃上除了裂痕，整片是清明澄淨，沒有血水、沒有破碎的內臟、什麼都沒有……

⚒

方雅慧花了幾千塊，把車窗玻璃換新的，至於她和林榮嬅只受到驚嚇，身上除了幾處瘀青外並無大礙。第二天請假休息，第三天就去上班，晚上到學校上夜課。

兩人到校，湯瑞昌立刻上前向林榮嬅慰問：

「嘿！妳今天再不來上課，我就要去妳家探病嘍，聽說妳倆請病假？是怎樣？」

「嘩！那天真的好險。」林榮嬅看一眼方雅慧，說。

方雅慧頷首，呼了口大氣，在湯瑞昌追問下，加上一旁幾位同學湊近來，靜靜聽她說起前天晚上的事情。

說罷，同學們一個個都驚訝莫名，想不透為什麼陌生人會找上她的車子。

「這沒什麼？」曹永翔開口說：「停車場的陌生人，專門在找有車的同學，你們看，被纏上的幾乎都是有車子停在停車場的人。」

第九章
停車場的陌生人

大家一致點頭，都說以後得加倍小心，還有人說找個假日，想到廟裡拜拜求個護身符。

踟躕一會，方雅慧低頭，掏出皮夾內一只小巧精緻的護身符。

「這什麼？」有同學問。

「你說的護身符。」方雅慧說：「其實，早在前兩個禮拜以來，我的車子就一直怪事不斷，剛開始我沒注意，後來聽到永翔、瑞昌，還有別班同學陸續遇到停車場的陌生人，我才特地去廟裡求這個護身符。」

「既然有護身符，還遇到陌生人？車子還會出狀況？太扯了！」

林榮嬅大叫起來，其他人紛紛說，護身符應該有效才對。

「呵呵……」怪笑幾聲，方雅慧不好意思的接口：「前天白天，我去公司上班，換過衣服，忘了把這個隨身攜帶。」

「原來如此。」

大夥不約而同地笑了，有的拍額頭；有的聳肩；有的吐舌頭；有的一副怪表情，意思就是護身符明明就有效吶

正說話間，老師領著一位警察走進教室，大家都安靜下來。

「同學，請問一下，停車場一台『喜美』，車號X724，車主是誰？」

方雅慧舉手，站起來，警察先生鬆了一口氣：

「總算找到了！」

老師也點頭，請方雅慧跟著警察先生走，其他幾位交情好的同學，也跟著走出教室。

「怎回事呀？」林榮嬅一面走，一面低聲說：「不會是前天晚上的撞車事件吧？這樣要開罰單嗎？」

也不知道她在跟誰說，沒有人回應她，只有湯瑞昌看她一眼、搖頭，似乎在安慰她，不要擔心。

一大票人走向停車場，警察拿出小型手電筒，先照車子外部，又照車牌，並請方雅慧拿出駕照。

曹永翔向湯瑞昌低聲說：

「嘿！這台車真拉風喔。將來有能力我也要買一台。」

湯瑞昌湊近曹永翔，戲謔的聲音放得更低：

「不會是贓車吧？」

一旁的林榮嬅重重捶他手臂，痛得他張口想叫，硬是咬牙忍住了。

接著，警察蹲下身子，往車底盤照了個仔細，他一面說：

第九章
停車場的陌生人

「應該沒錯！我從日間部一班班的查，一直查到夜間部，果然追查到了！」

方雅慧跟著蹲下身，攏緊細細眉心，滿臉詫異。

「你這檔風玻璃，新換的？」

方雅慧點頭：「嗯！昨天才換的，請問，我車子有什麼問題嗎？」

⚒

經過比對、確認後，警察先生招來修車廠的師傅，用工具，從車底盤，取出一截布料，一串銀色粗項鍊，還有些許皮渣連著肉片以及一點碎裂的內臟。

布料是草綠色直條襯衫，上面佈滿斑斑血跡，方雅慧和林榮嬅瞬間變了臉色，兩個人腦海中，憶起前一晚趴在擋風玻璃上，那個停車場陌生人的樣貌。

次日，方雅慧到警察局報到，在警方人員的解說下，她跌入回憶想中……

大約兩、三週前，下課後，她開著車回家。

那時候已經很晚了，因為過度勞累，經過某段路口，方雅慧曾感到車子顛簸了一下，她以為是路面不平的阻礙，因為都沒聽到什麼喊叫的聲音，現場也沒看到有人受傷，所以她就離開了。只是她沒發現在不遠處，有一頂被壓扁的棒球帽，孤拎拎的躺在馬路上。

方雅慧撞到人卻不自知，她終於明白，為什麼自那天起，她不斷遇到詭異的事件。被撞死者，跟著她車子一路跟到學校的停車場，然後，在原地徘徊……

校內同學們議論紛紛，口徑一致認為：冤有頭，債有主，既然事情明朗了，以後，停車場的陌生人，總該要離開了吧？

同學們當然也關心方雅慧，但畢竟犯了過錯，自己得承擔，所以方雅慧因這件事，不時要請假去處理該處理的事。

總之，停車場又恢復了以前的熱鬧。

熱鬧歸熱鬧，一旦同學們都走光了，停車場還是蠻冷清的。

曹永翔和湯瑞昌，兩個人一面走，一面閒聊，踏出教室往停車場走。

這時很晚了，搭校車、騎機車、或開車的都已經下山走了，停車場因為空曠，顯得冷寂，加上山風吹襲而來，讓人倍感淒清。

但是正值年輕氣壯的年輕同學們，根本沒在怕的啦！

兩個人整理著摩托車，曹永翔問：

「你跟林榮嬅，到底有沒有進展？」

湯瑞昌一聳肩，搖頭。

「什麼？那你不都白搭了？」

「哪是，我的意思是不知道啦！」

「喂，要不要我這個月老幫忙牽線？」曹永翔嘻笑著。

湯瑞昌尚未開口，後面出傳來平板聲響：

「我……可以……幫幫忙。」

「少來，你……」湯瑞昌衝口而出。

他以為是曹永翔說的，但話說一半，頓然發現不對勁，身邊附近明明都沒有人，聲音卻由另一個方向傳來吶！

一旁的曹永翔也轉頭，望向發出聲音的方向，發現角落有一道人影蹲在草叢中，戴著一頂棒球帽。

一股涼意由腳底竄上背脊，曹永翔大氣都不敢喘，動作忽然加快許多，倉促收妥當，他一腳跨上機車立刻發動引擎。

有點發懵的湯瑞昌，讓馬達引擎聲給驚醒過來，曹永翔以無聲嘴型暗示他：趕快走啦！

就在這時，角落蹲著的人影站起來，走了過來，一路走，人影一路變幻：棒球帽消失了，身材變矮小了、短頭髮驟然變長、身體曲線變得玲瓏有緻……

曹永翔面向草叢，他看得一清二楚，雙眼也隨著瞪愈大，他知道應該趕快把車騎走，但是整個人卻被定住了般無法動彈！

站在中間的湯瑞昌，先是看到曹永翔嘴唇無聲的暗示，接著看到曹永翔整張臉是一副目瞪口呆樣，因此湯瑞昌又轉回頭，望向草叢看清走過來的人。他先是一怔，繼而堆起笑臉，迎過去，嘴裡喊著：

「嘿嘿，榮嬅！妳怎麼沒搭校車？啊！我知道，妳遲到了。」

他的說話聲，讓曹永翔醒了過來。他渾身一顫，心中明白，想阻止湯瑞昌，已經太慢了，引擎還發動著，一咬牙，他發動把手，機車往前衝出停車場，迅速往山下而去。

湯瑞昌淡然回頭望一眼，又轉向面前的人：

「沒關係，我可以載妳，來吧！」

⚒

次日，曹永翔跟同學們說出昨晚的情形，他加強口氣，說：

「小心！陌生人，還徘徊在停車場。」

之後，湯瑞昌一連請了幾天假，都沒到學校。

直到他再出現在教室時，身上、手、腳都受傷，還貼著紗布，同學們都上前關心，他談起那天的情況……

原來，上車後林榮嬅抱緊他的腰際，他很高興，一路哈拉，但是林榮嬅始終沒回話，他不免感到奇怪，先看後視鏡，緊接著回頭，赫！那個不是林榮嬅，是鬼！

更可怕的，是鬼手緊緊箝住他，他甩不開、躲不掉，經過一處彎道，整個摔車了。

他直說：摔車總強過被鬼抱住吧？

雖然全身都受傷，可是林榮嬅卻因此跟他交往哩，這也算是「因禍得福」吧！

據說，直到現在，停車場的陌生人還流連在當地，只是出現頻率不像之前那麼頻繁。應該說，警察如果能找到元凶，它會比較好過一點，可是陰間事不是我們可以常理解讀的啊！

—— END ——

永續圖書線上購物網
讀品文化事業有限公司

WWW.foreverbooks.com.tw
yungjiuh@ms45.hinet.net

鬼物語系列 21

見鬼之校園鬼話4

作　　者　汎遇
出 版 者　讀品文化事業有限公司
執行編輯　林秀如
美術編輯　林鈺恆
內文排版　姚恩涵

總 經 銷　永續圖書有限公司
TEL／(02)86473663
FAX／(02)86473660
劃撥帳號　18669219
地　　址　22103　新北市汐止區大同路三段 194 號 9 樓之 1
TEL／(02)86473663
FAX／(02)86473660
出 版 日　2019年05月

法律顧問　方圓法律事務所　涂成樞律師
CVS代理　美璟文化有限公司
TEL／(02)27239968
FAX／(02)27239668

國家圖書館出版品預行編目資料

見鬼之校園鬼話. 4 / 汎遇著. -- 初版.
-- 新北市 : 讀品文化, 民108.05
面 ;　公分. -- (鬼物語 ; 21)
ISBN 978-986-453-096-0(平裝)

857.63　　108003310

見鬼之校園鬼話4

（讀品讀者回函卡）

■ 謝謝您購買本書，請詳細填寫本卡各欄後寄回，我們每月將抽選一百名回函讀者寄出精美禮物，並享有生日當月購書優惠！
想知道更多更即時的消息，請搜尋"永續圖書粉絲團"

■ 您也可以使用傳真或是掃描圖檔寄回公司信箱，謝謝。

傳真電話：（02）8647-3660　信箱：yungjiuh@ms45.hinet.net

◆ 姓名：　□男　□女　□單身　□已婚

◆ 生日：　□非會員　□已是會員

◆ E-Mail：　電話：（　）

◆ 地址：

◆ 學歷：□高中及以下　□專科或大學　□研究所以上　□其他

◆ 職業：□學生　□資訊　□製造　□行銷　□服務　□金融
□傳播　□公教　□軍警　□自由　□家管　□其他

◆ 閱讀嗜好：□兩性　□心理　□勵志　□傳記　□文學　□健康
□財經　□企管　□行銷　□休閒　□小說　□其他

◆ 您平均一年購書：□ 5本以下　□ 6～10本　□ 11～20
□ 21～30本以下　□ 30本以上

◆ 購買此書的金額：

◆ 購自：　市(縣)
□連鎖書店　□一般書局　□量販店　□超商　□書展
□郵購　□網路訂購　□其他

◆ 您購買此書的原因：□書名　□作者　□內容　□封面
□版面設計　□其他

◆ 建議改進：□內容　□封面　□版面設計　□其他

您的建議：

剪下後傳真、掃描或寄回至「22103新北市汐止區大同路三段194號9樓之1讀品文化收」

廣　告　回　信
基隆郵局登記證
基隆廣字第 55 號

2 2 1-0 3

新北市汐止區大同路三段 194 號 9 樓之 1

讀品文化事業有限公司　　收

電話/(02)8647-3663 傳真/(02)8647-3660

劃撥帳號/18669219 永續圖書有限公司

請沿此虛線對折免貼郵票或以傳真、掃描方式寄回本公司，謝謝！

讀好書品嘗人生的美味

見鬼之校園鬼話4